François Emmanuel est né en 1952 en Belgique. Il est l'auteur d'une douzaine de romans, parmi lesquels *La Passion Savinsen* (Stock, 1998) et *La Question humaine* (Stock, 2000), traduit dans une dizaine de langues.

François Emmanuel

REGARDE LA VAGUE

ROMAN

Éditions du Seuil

TEXTE INTÉGRAL

ISBN 978-2-7578-1672-1
(ISBN 978-2-02-089267-4, 1re publication)

Dans l'amitié d'Alain et Françoise Spiess

« Je sais que je ne suis qu'un lierre,
je sais que je ne suis qu'un lien,
j'étreins mon arbre et je ne le connais pas. »

Henry Bauchau

Georges Fougeray (†) – Gabriela Pesarini (†)

Marina Olivier Pierrot (†) Grâce Alexia Jivan

La veille

Et je pourrais fermer les yeux, se disait Jivan sur la petite route asphaltée qui fonçait droit vers le ciel, le soleil à cet instant-là venant d'illuminer tout le pare-brise, *et si je fermais les yeux*, se disait-il, la voiture se propulserait dans le vide, sans heurt ni fracas, sans corps qui s'abîme, et je passerais de l'autre côté par la seule grâce de cette lumière… Mais comme était étrange la paix qui venait de l'envahir depuis qu'il avait quitté la nationale, comme s'il revenait enfin chez lui, dans son paysage, ce damier de prairies éclatantes de verdeur, ces pentes de fougères rouille, brûlées par l'été, et l'omniprésence de la mer, bleu sombre, surgissant et ressurgissant derrière les collines, comme était étrange la sensation soudaine de communier avec la beauté, l'immensité du monde. Et le miracle, se disait-il, le miracle depuis une heure était d'avoir oublié Noah, de ne plus sentir la main noire de Noah sur son cœur, ni dans sa tête la voix de Noah qui lancinait sur toutes choses à l'instant où venaient d'apparaître les cheminées de l'usine, posées sur l'horizon, crénelant ce paysage paisible, éternel, semé de moutons grèges. Et la lumière de l'après-midi était si belle qu'il avait passé outre le panneau brinquebalant, *Chavy 2 Km*, décidant d'obliquer plus tard, à La Glacière afin d'arriver par le Haut-des-Bourgs, se disait-il, et prolonger pour quelques instants encore cet état de joie précaire, d'inconnaissance, ce sentiment qu'il allait se passer quelque chose de neuf, inconnu, légèrement excitant, comme quand le père les enfournait tous dans la vieille Chevrolet sans préciser où il les emmenait et qu'alors ils se serraient à cinq sur le siège arrière, avec maman au-devant de lui, silencieuse comme toujours, sa nuque noire et dodelinante qu'il pouvait toucher.

Car ils seraient tous là, avait répété Marina au téléphone, tous les frères et sœurs, tous. Alexia qui viendrait de Londres par Jersey avait annulé une mission pour se libérer les trois jours. Et tandis qu'arrivaient vers lui les premières maisons de La Glacière, il repensait à Alexia, le bonheur de revoir sa sœur tant aimée semblait tout à coup beaucoup plus puissant que le chagrin lié à Noah, et il l'imaginait déjà plantée devant lui avec ses grands yeux qui voudraient tout savoir. Il lui raconterait tout à propos de Noah, elle aurait des mots cruels pour la balayer de sa tête, et plus tard en marchant sur la plage elle lui glisserait l'index entre ses doigts, l'air de rien, comme la plus simple des évidences. Mais à l'instant où débouchant du Haut-des-Bourgs il avait aperçu en contrebas la maison, la ferme et comme une extravagante voilure cette bâche de blanc immaculé tendue entre les murs de la grange, il avait eu un serrement de cœur, chassant instantanément une pensée sombre, sombre souvenir de la dernière fois où ils s'étaient rassemblés à Chavy, lors de la cérémonie d'adieu au père en novembre de l'année précédente, lorsqu'ils arpentaient en manteau la grande maison froide, et que réunis dans la chapelle de Sault ils avaient lu des textes, Olivier ayant hurlé, non pas lu mais hurlé *la pierre du tombeau avait roulé, elles ne trouvèrent pas le corps*, comme une dernière insulte au père, lui qu'il avait insulté toute sa vie et dont il insultait désormais l'absence.

Quelle lubie, mais quelle lubie avait poussé Olivier à investir la grange pour sa fête de mariage ? Comme si la maison ne suffisait pas. C'était simple pourtant : on ouvrait les portes du salon, on repoussait les fauteuils, on dansait pieds nus sur le parquet et les couples tournoyaient fantomatiques au fond du miroir de la cheminée, entre la grande marine de Micha et la Vierge de chêne ébahie avec ses fleurs de soie poussiéreuses. Mais que deviendrait le tableau de Micha ? Et n'éprouverait-il pas de la tristesse à revenir sur les lieux pour la dernière fois, sachant que ce serait la dernière fois, que bientôt, avant trois mois peut-être, il y aurait de longs camions de déménagement dans le brouillard d'automne, et Grâce au milieu des caisses orchestrant le grand vide de la maison ?

Trois ou quatre chevaux venaient d'apparaître sur fond du mur de grange, non loin d'une voiture attelée, carriole ou tilbury, étrange tableau d'époque laissant imaginer ce qu'allait être la noce, le grand faste de la noce, Olivier qui par ce faste voudrait faire oublier l'échec de son précédent mariage. Et l'enfant qui se balançait à la rambarde du petit pont ne pouvait être que Maya, la cadette de Marina, huit ans à peine, fleurs rouges piquées dans les cheveux et qui accourait à sa rencontre, obligeait la voiture à s'immobiliser, collait ses mains en visière contre la vitre, s'écriait *oncle Jivan, oncle Jivan,* de sa voix stridente, assourdie, et c'était un jeu de faire mine d'abaisser la vitre mais de ne pas l'abaisser encore, faire trépigner l'enfant, penser à sa ressemblance avec Marina, même grand front vierge, mêmes pommettes saillantes, mais ici ses joues très rouges, les grands trous de son sourire édenté.

À présent la petite s'était mise à sautiller à côté de la voiture qui roulant au pas d'homme risquait d'écraser à tout moment un petit chien pelucheux, gris, folâtrant sur le chemin, alors que se découvrait peu à peu dans le verger ce joyeux, chaotique spectacle des préparatifs : imbroglio de tréteaux et de chaises, un homme torse nu marchant en funambule sur le mur de la grange au-dessus de l'immense bâche qui gonflait au vent, et parmi les quelques voitures parquées, enlisées plutôt, dans la prairie, le spectacle des chevaux dont un très jeune poulain à la robe sable, un tilbury posé en oblique sur ses brancards, et à l'angle du Chemin des Bêtes ce camion étincelant dont on déchargeait à grands fracas des tubulures métalliques.

Olivier non, Olivier n'était pas là, l'homme qui s'était un instant redressé dans la benne du camion avait paru lui faire un signe, non l'homme n'était pas Olivier. Mais Lili était là bien sûr, la vieille fermière avait dû le regarder descendre depuis le Haut-des-Bourgs, elle l'attendait dans l'ombre ocellée de la treille, les bras ballants sur son tablier bleu, monumentale comme toujours, avec ce qu'il devinait déjà de sa gentille stupeur, son tendre apitoiement, parce qu'il avait changé, dirait-elle, parce que c'était fou comme ils changeaient tous, elle qui les avait connus petits, morveux et criards comme des *pajaritos*. Madame Grâce est dans la maison, avait indiqué la fermière pour mettre fin à leur silence gêné et à peine lui avait-il tourné le dos qu'il repensait à maman, Lili réveillait toujours la pensée de maman, le poids de son regard clair, inquiet, vaguement réprobateur : *mais où étais-tu encore, Jivan, mais que fais-tu de ta vie, Jivan, que fais-tu pour user ainsi tes forces ?* Et il fallait entrer dans la maison maintenant, pénétrer dans le grand hall sombre et retrouver l'enveloppement d'autrefois lorsque la porte allait se refermer derrière lui dans un doux fracas de vitres.

Du côté de la salle à manger s'emmêlaient les voix de Grâce et de ses jumelles, le babil tendre des adolescentes et le timbre plus rêche de leur mère. Non, il n'avait pas envie d'aller vers sa sœur Grâce, ne vit d'abord d'elle que la grimace crispée de son sourire, dans son regard la furtive lueur d'effroi puis ce mouvement automatique de lui tendre la joue en détournant les yeux, tandis qu'elle observait avec un petit rire forcé : *tu vois qu'Olivier est toujours aussi fou...* sans autre mot de salut ou de surprise. À l'autre bout de la table, les jumelles étaient plus belles que jamais, affairées les mains gantées à trier des roses, des branches de fuchsia, de la dentelle d'asparagus sur un lit de pétales et de feuilles coupées. Quelle beauté, mais quelle beauté ces filles de quatorze ou quinze ans, se disait-il, écoutant à peine Grâce s'inquiéter à propos de Marina, le fait que Marina était partie en début d'après-midi chez Augustino Saba, qu'elle avait fixé un rendez-vous ici même au photographe, et qu'il attendait toujours, le pauvre. Encore un oubli, une insouciance de la sœur aînée, éternelle absente au temps, et quand elle reviendrait tout à l'heure elle balaierait cette inconvenance de son sourire tranquille, souverain, indifférent aux petites choses.

Le tableau de Micha avait été emporté, laissant un grand rectangle plus pâle sur le papier peint de coton écru et l'œil y cherchait encore les ors et les pourpres de ce *Crépuscule sur la mer* somptueux et tragique qui trônait depuis toujours au-dessus de la table. Grâce avait en parlant un éclat brûlant dans le regard, sans doute un effet de cette chirurgie dont il n'avait pas été mis au courant de grand-chose, sinon que *ç'avait été pris à temps*, lui avait-on dit, et il avait balayé du regard son chemisier tendu à l'endroit des seins, s'entendant répondre à sa sœur, sur un ton malgré lui de justification, que non, il n'avait pas vu Marina, il venait simplement déposer son bagage dans sa chambre avant d'aller chercher Alexia à l'aéroport de Cherbourg. Grâce avait aussitôt repris sa tâche de couper au sécateur les tiges, et les filles s'étaient laissées aller à rire parce que Maya venait de plonger ses mains dans le panier de pétales en s'écriant comme c'était doux.

Suavité fragile de ces rires d'adolescentes tandis qu'il commençait l'ascension du grand escalier avec l'envie soudaine de voir si là-haut rien n'avait changé, mais rien ne pouvait avoir changé puisque personne n'habitait plus la maison depuis près d'un an. Il faisait anormalement sombre sur le palier, les rideaux étaient tirés, le vitrail d'imposte composant une clarté vert émeraude où baignaient toujours le fauteuil en osier et le miroir ovale dans son encadrement de stuc doré. Un rayon de lumière provenait de la chambre de Marina, grande ouverte, la valise et les sacs de couchage jetés sur le lit.

En bas la porte d'entrée venait de claquer éloignant les voix des jumelles et c'est dans ce brusque silence qu'il avait deviné une présence au second étage. Ne l'apercevant pas tout de suite sur le palier du second parce qu'elle était assise derrière une armoire, rencognée plutôt, avec un livre ouvert sur ses genoux et un bandana noir qui lui faisait un front immense, cependant qu'elle le regardait avec un sourire tremblant comme si elle hésitait entre la peur et le bonheur de le retrouver. Et comme il avait détaché son prénom, *Hyacinthe*, d'une voix nouée, n'obtenant aucune réponse, il s'était souvenu de ce que Marina, sa mère, avait dit d'elle au téléphone et qu'il n'avait pas compris tout de suite : *elle a tué ses inséparables* (comme si nous avions tous nos inséparables, en nous de petites parts fragiles, inséparables, avant que ne s'imposât l'image des deux perruches mortes sur le sol de leur cage, leur bec piqueté d'une trace de sang) et n'avait rien trouvé d'autre que de l'interroger sur son livre qu'en réponse elle avait soulevé muettement pour lui permettre d'en saisir le titre, quelque chose comme : *...CONNU LES HOMMES, MOI QUI N'AI PAS CONNU LES HOMMES*. Non, je n'ai pas lu ce livre, de quoi parle ce livre ? relançait-il en s'asseyant sur la première marche de l'escalier pour être à sa hauteur, se demandant si elle lisait ou faisait semblant. Au-dessus d'elle, encadrés par la petite fenêtre, on voyait les hommes du camion décharger des tables pliantes, blanches et rondes, étincelant au soleil, l'un d'eux, celui qui était torse nu sur la benne, accompagnant son mouvement d'un cri hélé, joyeux, diffracté par la distance et comme détaché de la scène, désajusté à celle-ci, la rendant factice, irréelle : veille de noce dans la maison d'enfance, préparatifs de la noce chez les Fougeray, Olivier se remarie. Et Hyacinthe qui le regardait toujours avec son sourire perdu.

Dans son rêve Alexia entre dans la salle à manger de Chavy et tout le monde est attablé en silence, elle a couru, le talon de son soulier s'est tordu, Olivier trône en bout de table, il décrète *à partir de maintenant papa ira dormir dans la chambre du fond,* et papa ne répond rien, c'est un vieil homme voûté et docile, au travers de la fenêtre on dirait qu'il y a de la neige, c'est là que maman est assise en contre-jour avec sa robe jaune à droite de Marina, à vrai dire maman est là mais sans tout à fait être là, il y a une hésitation du rêve en ce qui concerne la présence de maman, Grâce est bien là elle, et Jivan aussi, et à sa gauche son ex-mari, Nathan, toute la famille est donc au complet, des hommes en noir vont et viennent autour de la table, ils sont coiffés de képis, enlèvent les assiettes vides pour les remplacer par d'autres assiettes vides, à liseré doré, à un moment Nathan dit *je crois bien qu'Alexia a de la peine*, ce disant il lui passe la main à l'intérieur de la cuisse et elle est envahie aussitôt de fureur sentant qu'elle ne peut pas bouger car papa la regarde.

Car papa me regarde, avait souligné Alexia dans le petit moleskine noir où elle consignait ses rêves, pressentant déjà la voix du psychanalyste, *car votre père vous regarde*, et se disant qu'elle ne lui raconterait pas ce rêve parce que le gros sphinx d'Epstein n'en aurait que pour la main de Nathan sur sa cuisse, occasion pour lui de souligner la bizarre concordance avec le regard du père et cætera. Pourtant le père n'avait jamais eu envers elle le moindre geste équivoque, peut-être quelques marques de sensiblerie à la fin, mais rien à voir avec le toucher vicieux de Nathan sur sa cuisse, n'en déplaise aux théories freudiennes, beaucoup trop freudiennes de Nahum Epstein, toujours obnubilé par le sexe, et toujours à vous mettre sous les yeux comme allant de soi votre tenace petit bout d'œdipe, alors que la force du rêve, la sombre beauté du rêve résidait dans ce rituel familial figé, funéraire, oui funéraire, se disait-elle, avec des hommes en noir qui évoluent autour de la grande table familiale : on change les assiettes mais il n'y a rien dedans, il n'y a pas de substrat, pas de corps au festin, le corps du père est introuvable, il est absent à tout jamais. Et bien sûr elle était arrivée la dernière, son talon gauche s'était tordu et elle traînait depuis le réveil une légère douleur à la cheville.

Légère douleur à la cheville, avait-elle griffonné au bas de la page avant de refermer le moleskine noir et de le fourrer dans son sac, cherchant ensuite à se concentrer, fût-ce quelques minutes avant l'atterrissage, sur le rapport ouvert sur ses genoux, *Rapport (IV) des réunions de coordination interagences en collaboration avec le HCR pour les partenaires impliqués dans les activités de prévention et réponse de SGBV...* surlignant machinalement les deux premiers titres d'alinéas *(Point A, Secteur Santé, Point B, Secteur Sécurité),* balayant du regard les quatre feuillets photocopiés et s'attachant un instant à la rubrique statistique en toute fin du document : *Enregistrement de viols : 6 (dont 2 douteux, non recoupés par autres sources),* pour à nouveau se laisser reprendre par les folles images du camp, cette ville brinquebalante de huttes, de cabanes en banco, torchis, palmes, tôles ondulées, sacs plastique, et où grouillait autour des points de distribution toute une humanité hâve et tour à tour criarde, femmes aux bébés hurlants, empaquetés sur le ventre, enfants en grappes, enfants slalomant entre les caniveaux de fortune ou jouant pieds nus dans la boue avec des fonds de bouteilles cassées, et la chaleur, l'harmattan qui vous serrait la tête… Non elle ne pourrait jamais oublier cette nuit passée dans la case de la *chair lady,* où elle avait voulu dormir, ou tenter de dormir, refusant de rentrer le soir à l'hôtel climatisé de Kissidougou, pour rester là contre l'avis de tous, dans l'enfer de cette nuit infestée de moustiques, martelée de coups de pilons et hantée de visiteurs nocturnes (des rats, des hommes ?) qui renversaient des bidons métalliques de l'autre côté du mur de la case à l'instant où le sommeil commençait enfin à l'envahir. Ne pourrait oublier à l'aube de cette nuit d'insomnie le regard de l'enfant malinké que sa grande sœur avait traîné jusqu'à la case comme si elle savait la gamine ce pour quoi on enquêtait dans le camp et muettement tenait à lui montrer son petit frère, son regard surtout, la lancinance de son regard, comme pour l'opposer, ce regard, à tout l'appareil de réunions de coordination interagences, enquêteurs venus de Genève, Londres, New York, rapports et résumés de rapports, *Point A, Secteur Santé, Point B, Secteur Sécurité,* toute cette admirable prose désormais trouée par ce regard d'enfant, dont le viol en échange d'une bâche en plastique ou d'un sac de sorgho ne figurerait sans doute dans aucune statistique, sauf peut-être avec la mention *douteux, non confirmé par d'autres sources*. Et c'était bien là l'ordre des choses humaines, se disait-elle, tant que se côtoieraient sur cette terre des princes et des damnés, des 4x4 flambant neuves croisant sur la route de Kissidougou de vieilles Peugeot agonisantes où s'entassaient huit à dix personnes, chambres climatisées pour les uns quand les autres couchaient le ventre vide à même le sol, là était le ferment de la discorde infinie, la guerre sans fin des damnés contre les damnés. D'ailleurs elle n'avait pas eu un mouvement pour l'enfant, abrutie ce matin-là par sa nuit blanche elle avait laissé l'auxiliaire ivoirien s'interposer mollement, renvoyer les petits intrus vers le bureau du camp, lequel ouvrirait dans la matinée, ou le lendemain, un jour peut-être, elle était restée sans voix à ne souhaiter qu'une chose: qu'ils partent, qu'ils disparaissent, que l'enfant surtout cesse de la regarder ainsi avec cette espèce de tranquille terreur, parce qu'il devait avoir l'âge d'Ulysse et qu'elle ne pourrait rien pour lui de toute façon, tout au plus un ajout dans la statistique, *non confirmé par d'autres sources*, et parce que l'ordre des choses humaines le lui interdisait, parce qu'il n'était pas son enfant, né du côté des princes, sous l'aile de sa chance. Quel abîme mais quel abîme, se disait-elle, entre cet enfant malinké et son béni des dieux, sa splendeur d'enfant dont la tête blonde obscurcissait le hublot, fasciné par le spectacle des prairies en rectangles, le réseau des routes filiformes, plus loin la découpe étincelante du rivage. Puis l'avion avait basculé en oblique entamant sa courbe descendante, et dans ce léger déséquilibre au-dessus du vide, le petit Ulysse s'était laissé couler contre elle, interrogeant de sa voix raucie par le sommeil: *it's there, mum? the wedding is there?*

Grâce se disant qu'il n'y aurait jamais assez d'orchidées pour les quatorze milieux de tables, qu'il faudrait donc compléter avec les lys, les piquer dans la mousse, les cerner d'un peu de feuillage, au hasard des doigts, tandis qu'à nouveau rôdait autour de son oreille la voix du docteur Voroïnov, cette incroyable voix d'alcôve : *ce n'est rien, Grâce, ce sont vos tourterelles blanches...* et qu'elle le revoyait assis contre sa jambe sur son lit d'hôpital, gardant longuement sa main dans les siennes et lui parlant de tourterelles quand elle se plaignait de vertiges. Oiseaux de l'amour, repensait Grâce, oiseaux messagers d'amour, divagations fort peu professionnelles du gynécologue, une femme ne se trompe jamais sur les signes amoureux d'un homme : les enrouements, les silences, les familiarités intimidées, les tourterelles du docteur Voroïnov... Mais quelle folle, quelle écervelée était-elle de jouer avec cette idée au point que la moindre menace de vertige lui ramène sa voix, ses tourterelles de malheur, et qu'il y avait même une envie de se laisser chavirer vers ça, comme vers ce sommeil étrange, purificateur pendant lequel il avait tranché dans son sein. Envie oui, envie de se laisser tomber doucement dans cette lumière d'après-midi chaude, alors que les jumelles venaient de sortir, envie de se laisser glisser là au milieu des fleurs, ce festin, cette profusion, ce grand carnage de fleurs, lys, asters, orchidées, gypsophiles, roses Amber Queen ou Maria Veronika, et que revienne la voix frôleuse, enjôleuse, mouillée par l'accent russe, *cié nié rien, Grâce,* à l'instant où elle tombe, dans le lit parfumé des fleurs.

Ils s'étaient embrassés dans l'aérogare, Alexia lui avait passé la main dans le cou, murmurant comme une amante : tiens, tu as changé d'eau de toilette, et maintenant elle était là, comme autrefois, comme toujours, assise à côté de lui dans la voiture, alors qu'ils venaient déjà de dépasser la petite rade de Cherbourg, longeaient la plage de la Saline et que la conversation roulait d'un sujet à l'autre, sa drôle d'escale à Jersey, Ulysse qui allait sur ses quatre ans, le conseil de famille du surlendemain... Pourtant quelque chose était changé, observait Jivan, il y avait une ombre dans le regard de sa sœur, une ombre, un voile, une fatigue, une manière de vaguer toujours ailleurs, vers le soleil ou la plage, comme si elle ne parvenait pas à être présente. *Et Noah ?* lui avait-elle enfin demandé, alors qu'ils étaient presque arrivés, Noah était venue sur ses lèvres comme une question ou une fausse question, à peine audible sur fond du moteur, et il avait simplement fait non de la tête : *non, non, non.* Elle devait le savoir de toute façon, elle le savait de son savoir de sœur, elle savait que Noah et lui : *non, non, non.* Et maintenant que le voile s'était enfin déchiré, qu'elle était revenue à lui, attendant qu'il lui en dise davantage, il avait vu passer en une fraction de seconde toutes les images de la beauté de Noah, son intransmissible beauté, sa nudité de garçonne, et les fils d'or, les filaments innombrables de la lumière sur sa peau, il avait revu son visage offert et ses yeux mi-clos lorsque Noah s'approchait de lui, s'approchait encore, comme au devant de sa mort douce, viens, oui, viens, enfonce dans mon ventre la lame luisante de ton amour, parce qu'un instant plus tard, il le savait, Alexia ne se priverait pas de briser ces images, livrer son verdict impitoyable : *c'est mieux ainsi, Jivan, c'est beaucoup mieux ainsi, de toute façon elle t'aurait plombé la vie...* et il ne pourrait rien lui objecter parce que Alexia avait toujours raison contre le mal noir des femmes qu'il ne pouvait s'empêcher d'aimer, contre le mal noir de Noah quand Noah s'enfonçait l'aiguille dans le pli intérieur de son coude *(mais où vas-tu les chercher ces écorchées de la vie, c'est à croire que...)* et se détendait toute, se laissait convulser, jouir en son intime puis se recroquevillait autour du feu qu'il ne lui avait pas donné. Mais au terme d'un silence indécis Alexia s'était contentée de détourner la tête comme s'il n'y avait en effet rien à ajouter à ce *non, non, non,* et c'est à cet instant qu'ils avaient débouché du Haut-des-Bourgs, apercevant en bas la ferme, les chevaux, la grande bâche blanche, Maya qui faisait des signes sur le rebord du pont, et le camion-benne du loueur à l'angle du Chemin des Bêtes.

C'est alors qu'Augustino Saba avait eu ce geste que Marina connaissait depuis toute petite mais qui cette fois l'émouvait aux larmes : la vieille main de son professeur de piano qui tâtonnait vers elle, lui saisissait le bout des doigts, faisait mine de les effiler en silence avant qu'il ne murmure dans un souffle : *comme je vous ai aimée, Marina, comme je vous ai aimée,* ceci sans le moindre tremblement de sa voix, moins un aveu qu'un constat tranquille, évasif, qu'illuminait son éternel sourire. Et ce même geste, se souvenait-elle, il l'accompagnait autrefois d'un conseil, d'une exhortation à travailler son doigté, ce délié, disait-il, qu'il n'avait rencontré chez aucun autre élève. Comme s'il avait fallu tout ce temps (ces quinze ans de cours hebdomadaire puis ces vingt ans de silence entrecoupés de trop rares visites) pour que la parole du vieux maître aveugle s'accorde enfin à son geste et qu'il lui révèle ainsi comme pensivement l'étendue de son amour. Mais l'émotion était trop forte, elle avait repoussé la main du vieil homme, s'entendant lui répondre *je crois que c'était une image, Augustino, c'était sans doute une image,* se disant que les hommes poursuivaient toujours une image, que c'était le malentendu sur elle du regard des hommes, mais se rendant compte au même instant que cette pensée était injuste parce que cet homme-là était sans regard, plongé dans une nuit sonore, l'ayant aimée pour elle-même, ou ses progrès, ou ses balbutiements, ou pour la guider dans son monde, pour le bonheur de la guider. Et dans le silence qui avait suivi elle l'avait regardé comme on regarde un homme une première fois, ici ce vieil ascète au crâne chauve, aux lunettes fumées et aux lèvres épaisses, soulignant cette sensualité sans âge, un peu féminine, qu'appuyait le léger maniérisme de son geste. Il souriait mais à quoi souriait-il, à quoi sourient les aveugles ? Puis elle s'était entendue dire, bredouiller plutôt *je deviens dure, pardonnez-moi,* et cela avait suffi, une houle noire était montée du bas du ventre, se nouant à sa gorge, lui donnant la sensation physique d'une masse compacte au fond de la gorge, comme si quelque chose voulait sortir, absolument sortir, et elle s'était mise à parler d'elle, du moment difficile qu'elle traversait depuis le départ de son mari et la disparition du père, le fait qu'auparavant le père repoussait la mort par sa seule présence, qu'il était un rempart face à l'idée même de la mort… Et le sourire d'Augustino s'était crispé, assez brusquement il s'était levé, marchant à tâtons vers le tabouret de piano et s'y installant comme pour jouer, les doigts posés sur le clavier mais sans produire le moindre son. Et ce qui n'était pas dit encore, ce qu'elle eût voulu absolument lui dire à ce moment-là se trouvait d'un coup pris dans la glace de ce silence un peu théâtral, comme s'il la sommait à présent de se taire parce qu'il allait interroger pour elle le clavier des signes, l'oracle de la musique. Puis enfin les notes s'étaient détachées l'une après l'autre, comme les appuis lents d'une étude enfantine, rejointes par des accords de basse, des harmonies simples, trop simples, lui donnant l'impression qu'il se moquait d'elle ou l'invitait à plus de légèreté, balayer ses noirceurs, en même temps qu'elle se sentait touchée par cette mélodie connue et pourtant introuvable qu'il commençait à compliquer en douceur.

Et dans le silence qui avait suivi, alors qu'il semblait à présent regarder par la fenêtre comme s'il y puisait une vague lumière, le sentiment d'une lumière, elle avait laissé tomber le nom de Hyacinthe : dites-moi, Augustino, dites-moi ce que vous pensez d'elle, je suis inquiète à propos de ma fille Hyacinthe. Et le vieil homme de hocher la tête comme s'il comprenait très bien qu'elle n'était venue que pour cela, à nouveau il avait eu ce tic d'effleurer le clavier puis s'était laissé aller à lui répondre, d'une voix lente, qui cherchait à préciser sa pensée. Qu'il y avait des êtres, disait-il, que la vie chargeait plus que les autres, qui prenaient tous les risques de la vie, et que Hyacinthe était de ceux-là, un être tendu, magnifique, mais qu'il ne fallait pas perdre, de temps en temps aller rechercher, prendre par la main, ce qui ne serait pas facile, car elle était comme elle, Marina, non pas feu dormant mais feu noir, et lente, disait-il, si lente à céder… *Si lente à céder,* entendait-elle encore alors qu'ayant longuement, passionnément, embrassé la main du vieil homme, elle venait de refermer la porte d'entrée, se sentant tout à coup déchargée d'un fardeau dans cette lumière de l'après-midi limpide avec un vent frais qui remuait les branchages. Oublié le rendez-vous du photographe mais cela n'avait aucune importance. Derrière elle dans la maison aux étroites fenêtres Augustino s'était remis à jouer.

Un peu comme dans son rêve, se souvenait Alexia, la grande famille réunie dans la cuisine de la ferme, et Lili toute à son affaire, Lili posant et reprenant les plats, mais rien de funèbre cependant, un joyeux désordre, une excitation. Seul manquait Olivier, s'il était un point fixe dans cette tablée joviale, débridée, ce serait la place vide d'Olivier que par un fait étrange personne ne songeait à occuper. Olivier absent n'était plus qu'une rumeur, on le disait à Saint-Vaast, à Valognes, ou écumant tous les manèges de la région pour trouver ses attelages. Olivier voulait que les femmes s'habillent en bleu et blanc, du bleu pour ses sœurs et du blanc pour sa belle, laquelle aurait quelques difficultés à cacher son petit ventre rond de quatre mois, j'enfilerai donc ma tunique chinoise, souriait Alexia, gris perle et sépia, juste assez raide et juste assez tendance, parfaite pour la noce bourgeoise. De l'autre côté de la table, leurs paroles presque couvertes par le brouhaha, elle venait de saisir ces mots de Marina à Jivan : *simplement la suite logique de l'enquête,* suscitant un bref silence dans la fébrilité ambiante, avec Jivan qui hochait la tête et la voix claire, tranquille de Marina, son ton d'évidence, comme si la disparition en mer de papa et tout son cortège de *dossier, enquête formelle, procédure d'absence*, était désormais inscrite dans l'ordre des choses, qu'on pouvait même en parler à table et devant les enfants. Ainsi vivons-nous avec ce corps introuvable, se disait Alexia, repensant à la question de l'analyste : *mais où est le corps du roi ?*, puis s'attardant en contre-jour sur le sourire de Marina, cette rémanence de sourire qui éclairait son visage en toutes circonstances même s'il semblait contredit ce soir-là par une tension légère du regard. Il ne pouvait tomber ce sourire, il tenait la famille tout entière, bien plus que la place vide d'Olivier, le sourire de Marina résumait à lui seul toute la force souveraine, la puissante impassibilité des Fougeray. Derrière elle, de l'autre côté de la porte vitrée, un grand jeune homme malingre frappait au carreau pour se signaler, il était vêtu d'une espèce de bleu de chauffe et promenait sur la tablée un regard de consternation. Introduit dans la cuisine et comme pris à la gorge par le silence qu'il venait de produire, il voulait parler à Olivier, demandait dans un français hésitant si c'était bien ici le *matrimonio*, avant de lancer un grand geste en direction de la cour et de bredouiller quelque chose à propos de chevaux. Ce devait donc être un ouvrier de haras, non pas Gil malheureusement, elle l'avait cru un instant, rien à voir avec le fils d'Olivier, l'idée même de la présence de Gil au mariage de son père s'avérant au fond totalement incongrue. Et à peine le garçon d'écurie avait-il déserté la pièce que l'excitation reprenait de plus belle, les enfants s'en donnant à cœur joie sur le sujet des chevaux, Ulysse gagné lui aussi par le rire sur les genoux d'une des jumelles qui lui répétait dans un anglais sauvage : *horse, big horse, for you, Ulysse, tomorrow big horse,* tandis que la petite Maya, tête couchée sur son coude, roulait dans sa direction ses yeux encanaillés, tout en fabriquant des petites boulettes de riz à la sauce qu'elle glissait ostensiblement à son chien sous la table. Et dans l'ombre de la pièce voisine, face à l'énorme masse de Juan, le mari de Lili, le rectangle lumineux de la télévision faisait défiler ses images saccadées, indifférentes à la joie ambiante, ses éternelles images d'incendies, d'avions larguant des trombes d'eau de leurs soutes, de pompiers repartant à l'assaut du feu, de riverains en colère, de forêts calcinées, fantomatiques, séquences suivies d'autres séquences, aux compositions invariables, aux lancinantes réitérations, à présent les restes de l'hôtel de luxe dévasté l'avant-veille par un attentat, long plan balayant une foule de manifestants en colère, interview d'un touriste en maillot, torse nu le long d'une piscine et dont on devinait le propos martial : *nous ne changerons pas notre mode de vie,* ultime posture de l'héroïsme, reprise à l'identique par des hommes en costumes gris sortant de limousines, se serrant la main sur des seuils, lisant un texte face aux micros, avant que ne les balayent d'autres images, cent fois vues, revues et pourtant obsédantes, pans de banquise qui s'effondrent, villes envahies par l'eau grise, baraquements de tôles emportés comme fétus par la tornade, un homme souriant dépose un bulletin dans une urne, des activistes en keffieh brûlent le drapeau étoilé, pointent au ciel le canon de leur Kalachnikov, et ainsi pour chaque livraison journalière cette geste sanglante qu'ils donnaient pour le réel du monde, l'histoire en marche du monde, cette actualité remâchée des mêmes dépêches d'agences, servie d'une langue à l'autre par les mêmes propos alarmistes, les mêmes images de mort, reproduites à l'infini pour des millions de regards, emplis et vidés par ces images, sans autre mémoire de celles-ci que celle d'une longue et morbide fascination, une mélopée, un bercement de chocs répétés, corps en pleurs, corps en colère, corps en charpie, rafales de corps absorbés dans le puits noir de l'amnésie, comme le vieux Juan qui ne reconnaissait plus personne, grimaçait maintenant sans raison et que Lili attachait au fauteuil avec des sangles à un mètre à peine de l'écran afin qu'il se tienne tranquille, se repaisse de ces images, cesse enfin de marmonner. Mais quel vide, quel silence, se disait Alexia, quel beau silence soudain si toute cette rumeur cessait enfin, quelle présence alors au réel, quelle prière, quel chant monterait de la terre, et elle avait repensé à cette phrase d'Epstein, mi-question, mi-constat d'impuissance: *que faire de votre rage du monde?*, se souvenant que l'expression l'avait fait tressaillir parce qu'il lui semblait que son père lui avait écrit presque exactement la même phrase, au point qu'elle était retournée consulter la liasse de lettres, son écriture se faisant au fil du temps plus espacée, plus tremblante: *à cet égard toi et moi nous sommes pareils, tu n'as rien perdu de ta rage du monde.*

Et Nathan, qu'est-ce qu'il devient, ton mari ? La voix de Grâce était venue la harponner à sa gauche par-dessus l'épaule d'une des jumelles. Oh belle inconscience de Grâce dont les marques d'intérêt se muaient, quoi qu'elle veuille, en coups de griffes, mais elle n'irait pas à l'escarmouche, elle se forcerait même à sourire (« très bien, Nathan se porte très bien, Nathan vit sa vie, il faut croire... ») parce qu'elle lisait comme à livre ouvert sur le visage de sa sœur Grâce cette expression de douleur fébrile, *je suis pleine d'épines mais aussi pleine de larmes,* qui devait être liée à son cancer du sein. Terrible effraction de la mort, pensait-elle, se disant qu'elle ne vivrait jamais avec Grâce cette douce, instinctive complicité des sœurs, quoi qu'il arrive Grâce même souffrante devait demeurer sa rivale, c'était inscrit dans leur destin, dans l'inusable convoitise de Grâce, et quand Marina avait évoqué tout à l'heure le conseil de famille du surlendemain elle n'avait pas fait mystère du danger qui planait sur ce conseil, à cause d'Olivier, parce que Olivier avait toujours besoin d'argent, et à cause de Grâce bien sûr, *parce que tu la connais, Grâce, elle ne peut jamais rien lâcher.* Pourrais-tu un jour te lâcher, se demandait Alexia, pourrais-tu un jour te laisser caresser la joue brûlante et que je puisse te dire cesse le combat, ma sœur, ce n'est pas cela le combat pour la vie, ce n'est pas d'avoir une belle maison, une belle famille, d'être une irréprochable chrétienne... Et Epstein, encore lui, avait un jour susurré *il faut croire que vous l'aimez beaucoup*, de son ton de celui qui sait, cette petite voix l'air de rien qui avait le don de s'introduire en elle et de ne plus la lâcher. Est-ce qu'elle aimait Grâce au fond ? Est-ce qu'il y avait au fond de la rivalité entre elle et Grâce une espèce de lie amoureuse venue du temps où elles dormaient ensemble dans la chambre aux lits jumeaux, quand maman venait les embrasser l'une après l'autre puis refermait sans bruit la porte et que fixant toutes deux le rectangle encore gris de la fenêtre elles se parlaient en chuchotant pour conjurer la nuit ? Y aurait-il un jour de la pesée des âmes, où s'exhumerait ce qui fut déposé dans l'enfance et que l'on a gardé enseveli tout au long de la vie ? Grâce avait fait mine de se laisser distraire par la photo de Lynn que l'on se passait de l'autre côté de la table, chacun s'absorbant tour à tour dans cette contemplation muette comme s'il pouvait y saisir à l'avance le secret dérobé de la fête, et quand la photo lui fut enfin parvenue, qu'elle vit la jeune femme au bras d'Olivier, fringante cavalière en veste et culotte de cheval, elle ne releva que son sourire froid, son expression de beauté lisse, ordinaire, sans ombre, sans éclat, et si cette photo projetait un avenir, se dit-elle, ce serait celui d'une princesse choyée, couverte de cadeaux jusqu'à ce qu'Olivier se lasse de trop d'indolence et qu'un jour il se laisse reprendre par ses accès de brutalité.

Marie-Doune venait lui ramener Ulysse, Marie-Doune, l'aînée de Marina, vingt ans, grands yeux verts et grand désir de vivre, venait prendre place à sa droite et voulait tout savoir sur son métier d'enquêtrice internationale, ce beau métier qui l'emportait, splendide guerrière, sur tous les fronts de la misère. Et comment dire à Marie-Doune, comment ne pas lui dire, comment préserver intacte cette pure espérance de son regard, moi aussi je voulais changer le monde, mon père m'ordonnait de ne jamais baisser les yeux face au monde, mais comment te dire, Marie-Doune, ce qui étrangle la voix de ceux qui sont devenus, par métier, par mandat, les officiels de la voix ? Pourtant elle s'était laissée aller à répondre aux questions de sa nièce, évoquer les niveaux de pouvoir à Genève et New York, toutes choses que la jeune fille, étudiante en droit, semblait heureuse de comprendre, d'assimiler, mais qui n'étaient encore que le versant creux et technique de la réalité des administrations internationales, tout ce que les hommes érigeaient ici de dispositifs, organisations, immeubles de quarante étages pour orchestrer le grand changement du monde. Et tout en parlant elle observait Jivan sorti pour fumer ou fuir le vacarme, sa silhouette brisée par le croisillon de la porte vitrée, tel un ange buté et triste, pensait-elle, un ange orphelin de mère, un ange qui ne cesse de se brûler les ailes aux feux de ce qu'il ignore, et elle eut l'envie soudaine de rompre le dialogue avec sa nièce, lui demandant tout de go si elle aimait ses études puis sans écouter vraiment sa réponse, si Hyacinthe était là, si c'était bien Hyacinthe qu'elle avait cru apercevoir tout à l'heure. Marie-Doune avait eu un instant de surprise mais la brève lueur de perdition dans ses yeux en disait assez long sur la présence de sa sœur à la fête : oui, Hyacinthe avait accepté de venir, elle était là.

Attiré par les volets fermés du bureau du père, se disant qu'il n'y était entré que deux ou trois fois, pas davantage, que pour le père il n'avait jamais été, lui

Jivan, que l'enfant indien de la mère, celui qui était venu remplacer Pierrot, l'enfant étranger qui grandissait au milieu des autres, auquel le père avait donné son nom de famille, mais qu'il regardait toujours avec une expression de vague surprise, vague incompréhension, comme s'il figurait une énigme et tout à la fois l'écran à cette énigme, un jeune corps à la peau noire en lieu et place de Pierrot. Et dans la fraîcheur de la cour, loin du brouhaha de la tablée familiale, alors que lui revenaient en mémoire les mots de Marina concernant la procédure d'absence, il revoyait à nouveau la petite barque du père, la photo de la barque plutôt, amarrée au petit port d'Omonville-la-Rogue, et reproduite dans le journal local que lui avait tendu Grâce avec ces mots : *elle a dû dériver pendant au moins six jours*, cependant qu'il cherchait à retrouver sur le cliché trop sombre ces quelques objets au fond de la barque, que le récit cent fois répété de l'événement inventoriait fasciné comme si là résidait le mystère de sa disparition : trois flotteurs coniques, un paquet de cordes emmêlées, un ciré roulé en boule sous la banquette arrière et un demi-jerrycan de plastique bleu, précisait l'article du journal, pour les hameçons et les appâts.

Cinq, ça ressemblerait à quelque chose, se disait Olivier, cinq : une photographie de rêve, cinq attelages pour les cinq enfants Fougeray et ça ferait l'image, l'inoubliable *dream*, ça glisserait en file indienne sur le chemin au-dessus de la mer, à l'instant où il voyait se surimposer au *dream* la silhouette du même trotteur attelé gris fer, trois balzanes, allongeant le long de la piste la même éternelle foulée, souple, aérienne, enfilant un tour puis l'autre sans changer d'allure, son driver tassé au fond du sulky dont le soleil du couchant faisait étinceler les fers et irisait les rayons des roues. Que le Bougnat lui cède sa jument blanche, se disait-il, et il aurait le compte : Duchesse, la jument du Bougnat, l'autre alezan, le bai clair et le poney, pas exactement de même taille mais tant pis, l'important était cinq, tous en file indienne bien calés dans l'image, penser à dire au photographe d'attendre dans le verger pour prendre le cortège au petit trot, et ne pas oublier de tresser Duchesse, trouver le temps pour tresser Duchesse, se disait-il, tandis que s'approchait dans son dos le pas lourd du Bougnat, le léger bruit de succion de ses bottes et que grossissait imperceptiblement, derrière la baie vitrée du bureau, l'ensemble chanfrein poitrail encolure du trotteur attelé gris fer, la tête de son driver barrée de lunettes noires et légèrement décalée au-dessus de sa croupe, le corps de celui-ci suspendu à la nacelle rigide de barres, arceaux, guides tendues, dans une presque immobilité grossissante, avec peut-être une poussée trop forte à l'arrière, ça s'envole, ça traquenarde peut-être, il faudrait vérifier en profil… Derrière lui, le Bougnat venait de faire glisser la porte coulissante, il était appuyé sur le chambranle avec sa gabardine verte et sa cigarette tombante. Pour les voitures c'est d'accord, marmonnait-il, le vieux coupé est branlant mais il roule encore, il n'y a que pour la jument, je ne peux pas, Olivier, elle m'a trop coûté la peau. L'homme relevait ses yeux rouges : prends le hongre pie, il est facile, on l'attelle ici pour les enfants, puis il avait élargi son sourire : après tout dans un mariage il n'y a pas que la robe blanche qui compte... Et sur ces mots l'air avait tremblé. Ne pas se fâcher, surtout ne pas se fâcher avec ce con de Bougnat, on prendra le hongre pie, ce sera tout aussi bien. Et quelques instants plus tard, alors qu'il se trouvait avec le garçon d'écurie à hauteur des box, une petite vibration dans sa poche l'avertit que Lynn cherchait à l'appeler, rompait le silence promis. C'était d'abord le ton aigre, précipité de sa mère puis la voix de Lynn, bizarrement lointaine, la saleté de petite voix grêle qui articulait j'ai peur, Olivier, j'ai peur, incapable de dire autre chose que : je ne comprends pas ce qui m'arrive, j'ai peur, et lui pressé aussitôt de parler, parler, parler, ne laisser aucune place à cette voix, cette espèce de puits noir vers lequel elle voulait l'attirer, lui s'entendant répondre qu'il n'y avait pas de raison d'avoir peur mais que c'était normal au fond, le monde entier avait peur, lui aussi avait peur à la veille du grand jour, pensant pourtant qu'il n'avait ni peur ni doute, il n'avait qu'une certitude : Lynn, Lynn, Lynn, et le lendemain on annonçait un jour splendide, cinq tilburys, cinq, mais tout le monde avait peur, c'est ce qu'il lui disait, parce qu'à l'instant, il le savait, l'important était de la couvrir de mots, noyer la sale petite voix grêle, tandis qu'à deux pas de lui le garçon d'écurie le fixait avec une expression d'absolue idiotie, et ça s'apaisait d'ailleurs du côté de Lynn, ça reprenait déjà courage, ça demandait simplement : alors rappelle-moi, rappelle-moi tout à l'heure..., et sur la piste grège le trotteur attelé continuait sa course impassible, métronomique, le long du même éternel couloir, sans forcer ni fléchir l'allure, avec les antérieurs qui allaient chercher bien loin la foulée, pas de traquenard non, l'action était ronde, ça tournait bien à l'arrière, de la mécanique huilée, bonne bête.

Dans le souvenir de Marina, la photo devait se trouver au fond du classeur bleu titré *Sapinière de Sicx, sépultures T1 à T4, néolithique moyen.* C'était un petit cliché noir et blanc, glissé entre les pages du relevé de fouilles. D'elle, le père n'avait laissé aucune autre photo, comme aucune trace de leur correspondance, seul son nom *Mihaela,* ou : *M.* apparaissant au haut des pages vierges de son agenda lorsqu'il la rejoignait pour une ou deux semaines dans le Maramures. Et se voyant feuilleter méthodiquement les pages du classeur noircies par son écriture nerveuse, interrompue de croquis hâtifs, piquetés de chiffres et de mesures (des squelettes, toujours des squelettes), Marina retrouvait ce sentiment d'effroi, de transgression douce qui la reprenait à chaque fois qu'elle pénétrait dans le bureau de son père en son absence, en son éternelle absence, craignant de déranger l'ordre parfait muséal des livres et des classeurs, sa collection complète des *Bulletins de la Société préhistorique française*, ses agendas et ses carnets de notes, plus petits, plus tardifs, ses quelques pièces d'archéologie dispersées sur les rayonnages, pointes de flèches crénelées dans des cadres sous verre, copies de Vénus préhistoriques que Lili continuait à venir épousseter chaque mois, comme elle le faisait de son vivant selon un rituel immuable, laissant les stores à demi baissés, la couverture à carreaux rouges pliée sur le dossier de la chaise et la vieille machine à écrire bien en vue sur le bureau.

Au fond d'une chemise de plastique, la photo de Mihaela était là où elle l'avait aperçue autrefois, glissée dans une carte topologique de la région de Sicx, visage souriant, incroyablement juvénile, inondé de lumière blanche, le fin trait de ses lèvres, le fil de ses paupières lui conférant une expression presque mystique, irréelle, à moins que l'irréalité fût de regarder ce que l'on s'était toujours interdit de voir : la liaison cachée de son père, le visage de sa jeune amante, saisie quinze ans plus tôt, soit du vivant de maman. Après la mort l'irréel était cette levée d'interdiction, songeait Marina, ce vide ahurissant à l'endroit où se dressaient autrefois des murs et des portes closes, ce pouvoir désormais de pénétrer, fouler, fouiller le sanctuaire inviolable, là où, empli d'amour sous l'écrasante clarté, resplendissait le visage de Mihaela, trente ans peut-être sur la photo, source de cet enfièvrement qui avait saisi son père à la fin des années quatre-vingt lorsque maman convenait avec un sourire fatigué : *il est si absent, tellement occupé, mais il chante, tout va bien puisqu'il chante.* Et par-dessus le visage radieux, extatique de la photo, lui revenaient en mémoire les fragments de la conversation téléphonique quatre jours plus tôt, où elle s'était sentie folle d'audace de proposer à cette presque inconnue de traverser toute l'Europe pour venir à la fête de mariage, leurs voix qui faisaient d'abord mine de ne pas se comprendre *(C'est Marina. – Pardon ? – Marina Fougeray. – Pardon ? – La fille de Georges...)* pour enfin s'établir sur un entendement inquiet, fragile, la crainte de poursuivre comme de rompre ce dialogue heurté, intense et tout à la fois évasif, entrecoupé de longs silences *(Excusez-moi, Marina, mais je ne comprends pas très bien. – C'est simplement une proposition, vous m'aviez dit que vous le souhaitiez. – Je le souhaite, oui, profondément, mais pas avec tout ce monde. – Sans doute n'y aura-t-il plus d'autre occasion à Chavy. La maison va être vendue... – Mais qui suis-je pour votre famille ? – Nous l'avons tous aimé, Mihaela. – On va croire... – On ne croira rien. Personne ne vous connaît. Je dirai que vous êtes une de mes amies. – Non, je ne peux pas, pas dans ces conditions-là... – Comme vous voudrez... – Si vous saviez... – Pardon ? – Je suis troublée, si vous saviez... – Je comprends... – Je sais trop combien il vous aimait toutes... – Toutes ? – Ses trois filles mais vous, oui, Marina, vous...).* Et elle avait revu son père au printemps de l'année précédente alors qu'il allait la rejoindre pour la dernière fois mais qu'il n'en disait rien comme d'habitude et qu'elle le regardait s'éloigner sur le tarmac de l'aéroport de Caen, se retourner sous le vent des réacteurs, lui adresser un dernier signe avant de disparaître dans le petit sas béant, repensant à ce qu'il lui avait dit dans la voiture, au cours d'une conversation plutôt souriante, sans gravité apparente: *à mon âge on rêve d'une fin légère, oui légère, le fading, c'est ce qu'ils disent en anglais, je crois, le fading...* Et d'un coup l'air s'était mis à vibrer au-dehors d'un claironnement joyeux, d'une brève et puissante irruption musicale, avec un roulis de cuivre, le timbre rauque d'une chanteuse, aussi vite interrompu, l'oreille s'éveillant dans le brusque silence aux multiples bruits du soir: des ébrouements de moteur, un hennissement dans la prairie, la voix orageuse d'Olivier qui devait être rentré, toute cette fébrilité heureuse, pensait Marina, le bonheur serait d'être éternellement à la veille d'une fête, d'un grand dimanche ensoleillé, comme ces veillées d'autrefois lorsque l'on montait de la cave le grand chaudron de cuivre. À quarante-six ans pouvait-elle encore croire à ce bonheur-là, pourquoi semblait-il aujourd'hui si lointain, comme une reprise infidèle de ce qu'on avait cru, de ce que ç'avait été, de ce dont on s'éloignait irrémédiablement ? Et refermant le classeur elle avait repensé à Augustino, ce moment où le vieil homme s'était installé au piano sans y toucher d'abord, silencieusement, comme pour dire on se tait maintenant, on chasse, on chasse ces noires pensées, le sourire paraissant alors éclairer son visage d'une malice légère, comme s'il comprenait quelque chose lui à la tristesse du temps.

La scène venait de se passer. Attiré par les éclats de voix, Jivan était allé jusqu'à la fenêtre mais il n'y avait plus rien à voir ou presque : Olivier tournant le dos à l'employé du traiteur figé sur place par sa réplique, et dans un autre angle de la cour, sous le lampadaire du seuil de ferme qui venait à l'instant de s'allumer, une autre scène était apparue, tramée par la lumière très jaune du luminaire : les trois sœurs, qui par le plus grand des hasards venaient de se rencontrer là, échangeaient tout à coup quelques mots, Grâce au sortir de la ferme, Marina qui allait y entrer et Alexia qui fumait sur le banc du seuil avec sa veste noire jetée sur ses épaules. Et l'on imaginait sans peine leur dialogue à propos des saintes colères du frère, Alexia en son ironie cinglante, Marina qui devait surenchérir et Grâce au milieu d'elles, un peu raide comme toujours. Grâce dont les bras étaient chargés de nappes blanches sur lesquelles Marina se penchait à présent, dont elle tâtait le tissu du bout des doigts, évoquant peut-être un souvenir, en cette occasion si rare où l'on voyait par chance se répercuter leurs profils, leur très lointaine ressemblance, toutes trois aussi belles l'une que l'autre, disaient les hommes du pays, mais toutes trois aussi fières, aussi entêtées, Marina et son grand corps mince, sinueux, désinvolte, flottant dans sa robe italienne à petites fleurs noires, Grâce et ses toilettes compliquées, jupe stricte et col raide de dentelle, Alexia avec ses cheveux courts, son élégance de garçon manqué, chacune ayant pris et comme rejeté la ressemblance au père, couvé en la dissimulant celle à la mère, et toutes trois saisies à cet instant-là dans le cercle du luminaire dont la lueur jaune épatait leurs visages, semblait éloigner la scène, la rendre plus lente, irréelle dans la mystérieuse bleutée du soir. Et Grâce ayant soulevé une des nappes du tranchant de la main, la laissant dévaler comme un voile liquide, il apparaissait soudain que le sentiment de leur unité était bien plus puissant que ce qui travaillait en elles à leur séparation, quoi qu'elles veuillent elles demeuraient à jamais les trois filles Fougeray, seules héritières d'un legs dont Olivier, le fils aîné, n'aurait que poussières, de même que lui Jivan ne serait-il jamais que celui qui les regarde, campé à la fenêtre de la maison d'en face, il les regarde à cet instant comme des sœurs qui ne sont pas ses sœurs, il n'est pas de leur sang. Et le rire d'Alexia ayant percé il avait soudain détesté ce rire, parce qu'il y avait dans ce rire un peu forcé toute la froideur dominatrice de celle qui sait tout plus que les autres, ne s'en laisse jamais compter, de même avait-il détesté son silence dans la voiture au retour de l'aéroport, comme si Noah était déjà une douleur morte, classée, que la piètre opinion qu'elle avait de Noah ne méritait même pas un commentaire au-delà du hochement de tête, *non, non, non.* Et à présent que la scène était presque passée, Marina criant quelques mots à sa fille aînée puis sortant du cercle de lumière, Grâce était restée un instant en compagnie d'Alexia, mais sans qu'elles se parlent, puis elle avait disparu à son tour, seule demeurant Alexia, toujours assise jambes croisées sur le banc, indifférente aux préparatifs, terminant songeusement l'un de ses longs cigarillos noirs et semblant regarder dans la direction de la fenêtre où il se trouvait, vaguant du regard vers lui sans l'apercevoir, comme on pense à quelqu'un sans qu'il y paraisse.

Mais pourquoi avaient-elles dit des nappes de serge, est-ce qu'on disait serge ou sergé pour un tissu ? Grâce pensant : Sergueï, Sergueï Voroïnov, et éprouvant un immédiat bonheur à se ressouvenir de son prénom puis chassant aussitôt cette pensée, à l'instant où elle venait de ressentir sur son sein gauche le tiraillement de la cicatrice.

« *Éole me donna une outre faite du cuir d'un bœuf de neuf ans, qu'il avait écorché. Il y avait enchaîné les cours des vents mugissants...* » Dès le commencement de la lecture, le petit Ulysse avait cessé de se tortiller, de geindre sans cesse : *don't want to sleep, mum.* Enfoncé dans le grand lit il s'était mis à téter comme à son habitude la patte de son ours en peluche, se laissant tomber le regard fixe, les paupières de plus en plus lourdes, dans l'envoûtement de la voix d'Alexia, ce débit lent, ce ton suspendu, monocorde qui avait sur lui un pouvoir quasi hypnotique. Car le rituel tenait du sortilège, l'enfant ne pouvant à l'évidence comprendre que des bribes du texte, mais n'exigeant pour s'endormir que ce livre-là, pas un autre, cette vieille édition en français, écornée, défraîchie, qu'il fallait emporter partout en voyage, parce que c'était, prétendait-il, son livre, le livre où il pouvait retrouver son propre nom sous les illustrations naïves, ULYSSE recopié au stylo-bille sur la page de garde en grands caractères sauvages. Et plus qu'un sortilège, pensait Alexia, ce devait être un peu comme ces *je vous salue Marie pleine de grâce* qu'elle récitait jadis au long des interminables soirées de mai, et qui flottaient dans l'air de la petite chapelle de Sault tels des remémorations saccadées d'une geste très lointaine, un souvenir dont on aurait perdu l'image, et qui glissait entre les doigts mystérieusement d'un grain à l'autre du chapelet. Les paupières de l'enfant s'étaient maintenant fermées mais il valait mieux continuer à lire dans son premier sommeil ce fragment d'épopée qu'il n'entendait plus mais qui dressait encore un vague filet de l'autre côté du monde où il venait de verser. « *Dans la cale de ma nef il attacha le sac avec un brillant câble d'argent afin qu'aucun vent contraire ne pût souffler si peu que ce fût…* » Annoncée par un léger grincement, la poignée de la porte venait à l'instant de pivoter et Hyacinthe était entrée sans le moindre bruit, elle avait traversé la chambre en oblique puis s'était immobilisée près de la fenêtre, le regard tourné vers l'extérieur. Pendant quelques secondes Alexia avait interrompu sa lecture pour la reprendre d'une voix plus tendue, consciente que Hyacinthe était entrée pour l'écouter et qu'il ne fallait à aucun prix briser ce lien fragile. Tout en lisant elle s'était d'ailleurs légèrement tournée vers sa nièce, cherchant à l'aviser dans la pénombre dans sa longue robe sombre, avec la tache plus pâle de son cou et de ses épaules nues, son visage en profil détourné, couronné par le bandana noir, cette manière de présence solitaire et spectrale à propos de laquelle couraient toutes les rumeurs. « *Et voici,* lisait-elle, *voici que pendant neuf jours et neuf nuits nous voguions sans arrêt, voici qu'au dixième jour se découvraient les champs paternels...* », voici Ulysse qui poussé par un vent favorable s'endormait de fatigue, serrant contre lui l'outre des mauvais vents, tandis que Hyacinthe se tournait vers elle avec sur les lèvres un curieux sourire (non pas ce sourire fêlé des folles, des hallucinées, mais une espèce de sourire doux, déchirant, un vernis de fille souriante qui masquait son regard perdu) au point qu'elle avait cessé de lire et qu'apercevant le livre que sa nièce pressait contre son ventre elle s'était entendue lui demander si elle aimait elle aussi la lecture, puis face à son silence, son effarement, avait ajouté qu'elle était contente de la revoir, qu'elle serait heureuse de pouvoir parler avec elle, expression pieuse et bien sûr inutile, puisque c'était précisément par son refus de parler que Hyacinthe existait pour les autres depuis plusieurs mois, qu'il fallait donc une parole plus forte que son silence, une parole d'ébranlement. Alors elle s'était lancée, instinctivement, sans trop réfléchir : je sais, tu n'aimes pas qu'on fasse la fête dans la maison de ton grand-père, et la jeune fille avait aussitôt détourné la tête, Alexia se croyant obligée de poursuivre, évoquer l'immense présence du grand-père, son ombre immense, son immense générosité, tous ces mots qui semblaient vides, tombaient maintenant à vide tandis que Hyacinthe disparaissait sans bruit comme elle était entrée.

Pressentant que Lili allait lui demander d'enlever ses bottes sales, mais se disant pas le temps, pas le temps, seulement le temps de téléphoner à Lynn, entendre Lynn, une dernière fois Lynn, et maintenant qu'il composait le numéro de l'hôtel sur le poste laqué noir de la ferme, avec son antique cadran, son agaçant bruit de remontoir, exigeant pour chaque chiffre un temps infini, il pensait à l'absurdité de dormir cette nuit loin de son amour, en vertu d'un principe idiot, ancestral, le prix à payer pour la robe blanche, enrageait-il, éprouvant tout à coup un pressentiment bizarre, même si la voix de Lynn au téléphone était ferme et presque joyeuse, confirmant qu'elle serait prête le lendemain, neuf heures, l'embrassant pour la nuit, *mon Olivier, tout doux, tout doux*. Et c'est en raccrochant le combiné que le malaise s'était amplifié, accompagné d'un serrement de crâne qui l'avait forcé à s'asseoir, se masser les tempes, respirer profondément, chercher à s'expliquer les choses, calmement, méthodiquement, s'assurer qu'il n'avait pas oublié de prendre sa carbamazépine, et tenter de recomposer la séquence des événements. Car il y avait eu un blanc dans sa mémoire entre le moment où il était monté dans sa chambre pour recharger la batterie du portable et l'instant (quelques minutes plus tard ?) où il s'était vu traverser la cour pour téléphoner à Lynn. La chose, la seule chose qui lui revenait à présent en mémoire sous forme de trace noire, géométrique, imprimée sur sa rétine, c'était peut-être exactement ce qu'il avait vu en entrant dans la chambre : ce trou dans le miroir de l'armoire à glace, cette marque de projectile au centre du miroir, et qui faisait encore tache au-devant de ses yeux comme après un éblouissement. Ne pas craindre, surtout ne pas craindre cette image, se répétait-il, oser regarder cette image (le trou anguleux au centre, les fendillements en rayons autour du trou) et se dire que ce n'était pas lui bien sûr, ce ne pouvait pas être lui, c'était évidemment quelqu'un d'autre, quelqu'un qui avait jeté une pierre en plein centre du miroir, même s'il y avait eu ensuite ce temps d'amnésie et que l'amnésie lui rappelait toujours ses crises, surtout celle avec Black Beauty. Ce jour-là non plus il ne se souvenait de rien lorsqu'il avait repris conscience, il avait vu le sang sur sa chemise et il avait dû refaire sans comprendre tout le chemin vers le box où la jument ensanglantée cherchait à se libérer de ses chaînes, terrorisée par ce qu'il lui avait fait. Mais l'histoire de Black Beauty, se raisonnait-il, était une histoire de crise, à une époque où il avait arrêté son traitement médical, comment et pourquoi, à la veille d'un si beau jour, aurait-il pu lui-même fracasser le miroir ? Non et non, c'était quelqu'un d'autre, c'était la jalousie, la mauvaiseté des autres, c'était la Hyacinthe sans doute, la deuxième de Marina, sous ses airs de sale petite madone. Et à présent que Lili s'était assise à côté de lui dans le grand divan vert de la ferme, il lui semblait déjà que le malaise passait, le serrement de crâne se relâchait et il commençait peut-être à entrevoir quelques vagues images du parcours entre sa chambre et la ferme. Vous en voulez trop, monsieur Olivier, vous en voulez toujours trop, lui répétait Lili, avec son accent rocailleux, ses vieilles mains nouées sur son tablier de toile, et c'était familier, tranquille comme du bon vieux prêchi-prêcha, de la gentille bondieuserie, en chœur avec la voix de Lynn quelques instants plus tôt, *tout doux, mon Olivier, tout doux.*

Que la dernière lettre du père était magnifique, lui confiait Alexia alors qu'ils voyaient se détacher de l'autre côté de la baie les lumières de la centrale nucléaire avec ses encaissements ruisselants de néons blancs, loin d'un petit éclat solitaire, vacillant au fond de la mer nocturne. Et si Jivan regardait vers elle à la dérobée : son col de veste relevé, ses cheveux courts que le vent rabattait sur son front, son profil tendu et comme fasciné par un point fixe au-devant d'elle, c'était parce qu'il n'arrivait pas à l'écouter vraiment, pour ce qu'elle lui révélait et qui était sans doute de première importance, comme si une force en lui refusait qu'elle lui parle de cela, la dernière des lettres du père, si étrange à relire et dont l'écriture était parfaite, disait-elle, trois pages où il parlait du temps, de la vieillesse, et de ce qu'il avait voulu leur transmettre. Puis elle s'était brusquement tue, elle avait paru commencer une phrase mais elle n'avait plus rien dit. Le silence était retombé entre eux, un silence qu'il n'avait aucune envie de rompre, rien n'étant aboli, pensait-il, de la distance qu'elle persistait à poser entre elle et lui depuis leurs retrouvailles à l'aéroport. Ainsi avaient-ils marché sans se parler jusqu'à l'extrême bout de la plage avec ses grandes pierres plates qui affleuraient comme des dos dans le sable clair. Là il avait ralenti le pas sentant sa voix se nouer dans sa gorge : je voulais aussi te parler d'autre chose, Alexia.

Bien sûr lui parler d'autre chose et la fixer de ses grands yeux tristes, parce qu'il n'en avait rien à faire de cette lettre de papa dont elle ne s'était ouverte à personne, grand ange de Jivan balbutiant qu'il voulait lui parler d'autre chose, et si désespérément pitoyable qu'elle avait eu envie de le secouer, lui dire je sais, je sais, puisque tu me l'as dit tout à l'heure, si tu pouvais comprendre comme je suis fatiguée de t'entendre parler d'amour, au lieu de quoi elle avait fait mine de sourire, lui demandant en soupirant : *Noah, c'est cela ?*

Noah sur ce ton d'infinie lassitude comme le nom de toutes les femmes qu'il avait eu le malheur d'aimer. Et malgré cela il n'avait pu faire autrement que de quémander son écoute parce qu'elle seule pouvait balayer les images de Noah de sa tête et qu'il préférait sa cruauté de sœur à la lancinante douleur du manque qui le soir surtout s'insinuait en lui comme le mal noir. Mais à présent il n'avait plus envie de lui parler, à cause de son ton exaspéré, cette envie franche d'en finir, une fois pour toutes : *Noah, c'est cela ?*

Grand ange titubant au bord de l'effondrement, à tel point qu'elle lui avait passé une main sur la nuque, l'ébouriffant doucement, murmurant *saleté d'amour*, tandis qu'il se laissait aller à des sanglots secs et qu'elle lui répétait *grand cœur, trop grand cœur, tiens-toi droit, Jivan, apprends à te tenir droit.*

Ainsi en allait-il de ces soirs funestes où Grâce pressentait devoir y passer, où Franz lui ayant servi sur tous les tons des *ma petite chérie* rôdait autour d'elle avec son œil flou, ces soirs où l'on savait que quoi que l'on veuille on ne pourrait plus remettre à plus tard la chose, la chose entre les hommes et les femmes, la chose de Franz. Inutile et vain donc de prolonger à l'infini son démaquillage, il était dans le lit tout ronronnant et chaud comme un mari bien propre et rasé de près, enduit d'eau de toilette, l'ayant encore agacé dans la salle de bains d'un petit geste obscène (lui passer un doigt dans le sillon des fesses), et cette fois elle ne pourrait même plus prétexter la cicatrice au sein sinon il la prendrait à nouveau par-derrière. Alors elle s'était glissée dans les draps en fermant les yeux, sentant aussitôt sur elle le poids du corps, l'haleine écrasante de son époux et très vite la chose entre ses jambes qui au début lui faisait toujours un peu mal puis, quand elle l'avait pénétrée, ouvrait en elle une espèce de plaisir morne, vaguement saoulant, fade contentement du bas-ventre, qu'elle n'aimait pas mais qu'elle ne détestait pas non plus, que son corps aimait sans aimer, comme une habitude un peu sale, une vieille bête de compagnie,

Franz qui venait pousser son espèce de groin d'homme au bas de son ventre, et la pensée flottante s'était fixée sur l'image des chevaux broutant tout à l'heure dans la prairie de Chavy, ensuite le souvenir de l'excitation bizarre lorsque petite fille elle montait à cru le poney de la ferme, sentant coulisser sous ses jambes écartées le dos suant de la bête, puis d'un coup, tandis que le corps de Franz lui écrasait le sein droit, elle avait pensé (mais quelle folle !), elle s'était plu à penser (quelle folle !) : l'amour avec le docteur Vor..., faire l'amour avec le docteur V..., et qu'il était là haletant au-dessus d'elle, s'enfonçant, Sergueï, au profond de son ventre et cette (folle !) pensée avait eu le don d'alléger son corps, donner, oh, espace au plaisir, feu à toute sa peau, et soudain, oh, oh, sensation de chute dans l'azur, idée qu'elle vrillait petite poussière dansante, soulevée, soufflée, par la voix, oh la voix du docteur (folle !) *cié nié rien, Grâce...*, quelle beauté mais quelle beauté, Franz venait de décharger en elle des salves si douces qu'elle avait envie de les garder comme des pépites d'amour, se lover pour toujours autour de ces pépites, tandis qu'il se redressait ébahi : mais tu as crié, Grâce, tu as crié !

Saleté, oui, saleté d'amour, dis-le-moi encore, Alexia, j'ai trop besoin que tu me le dises.

Étendue sur le lit, recroquevillée plutôt, Hyacinthe avait eu un bref regard vers sa mère comme si elle consentait à sa présence, et Marina s'était assise à même le sol, le dos appuyé contre le mur, s'accommodant peu à peu à cette pénombre vivante au cœur de laquelle la flamme de la bougie faisait danser de grandes ombres anguleuses, se reflétant sur le cadre vitré de la photo de Pierrot, enfant éternel, posée à quelques centimètres sur la table de nuit. Hyacinthe aussi fixait la flamme, elle avait sa robe relevée jusqu'aux genoux, son bandana noir abaissé dans le cou, l'expression de douleur accaparant son visage, cette douleur close, butée, au travers de laquelle elle avait laissé passer pourtant cet imperceptible assentiment. Mais l'instant était fragile, car depuis qu'ils avaient investi la maison tout à l'heure Marina la sentait plus anxieuse que d'habitude, allant et venant dans les couloirs et les chambres, paraissant ne rien reconnaître, ou chercher, ou craindre, ou fuir quelque chose. Alors quels mots pour cette enfant qui était toujours là sans être là, appelait et refusait de l'aide, chaque mot, chaque intonation risquant d'être compté (comme on dit vos paroles seront comptées), quels mots pour cette enfant qui n'avait jamais été tout à fait son enfant, pâle et malingre dans le premier âge, refusant ses caresses, allergique à son lait, aux odeurs, aux poussières, au point qu'après ses terribles crises d'asthme elle avait fini par la laisser à Chavy puisque les médecins prescrivaient l'air du large, et ne plus la retrouver que de temps à autre, mal peignée mais les joues rouges, bondissante comme une sauvageonne, heureuse au milieu des bêtes, adorée par Lili, grimpant sur les genoux de son grand-père, lequel avait pour elle d'incroyables patiences, la détournait de l'école mais la mettait au secret de ses livres, l'emmenait dans ses promenades, ses expéditions fouineuses, jusqu'à en faire cette grande jeune fille au sourire doux mais étrange, et dont la mémoire était, disait-on, hors du commun, comme tout en elle était hors du commun, mélange de sauvagerie et de savoir livresque, l'un et l'autre en excès, en débordement, avec ce regard bleu-vert qui savait si bien vous briser le cœur. Et si elle n'avait plus pu aller vers sa fille, comme une mère vient vers son enfant, trouve auprès de sa grande fille les gestes simples des mères, c'était peut-être de n'avoir jamais reconnu en elle sa propre part étrange, inventive, se disait-elle, à l'instant où il lui semblait que l'espace tremblait, un halo cernait la flamme de la bougie presque consumée, et qu'il eût alors suffi de presque rien pour que le contact se renoue, un mot, un geste, une impulsion de corps, comme cette nuit de l'hôpital de Caen, lorsque enfreignant l'ordre des infirmières elle s'était couchée sur le lit à côté de sa petite Hya, âgée de sept ans à l'époque, légère comme plume et pâle à mourir, luttant pour chaque prise d'air, semblant s'asphyxier à chaque seconde, jusqu'à ce qu'au matin le spasme enfin se relâche et s'endorme l'enfant dans un sommeil profond. Alors elle s'était entendue dire, bredouiller plutôt : Augustino sera heureux de te revoir demain, et les yeux de Hyacinthe s'étaient aussitôt fixés sur elle, surpris, profonds, interrogatifs, comme si elle n'imaginait pas qu'Augustino puisse venir à la fête, ou simplement n'en revenait pas d'entendre ce nom, ne l'avait plus entendu depuis longtemps. Et à la faveur de ce bref échange de regards Marina s'était approchée de la table de nuit, prenant prétexte de la bougie à remplacer, s'affairant un long moment à cette opération silencieuse, dans la soudaine proximité de sa fille, toujours couchée, immobile, ne se reculant pas comme d'habitude, lent passage de la flamme d'une mèche à l'autre, la bougie que l'on plante bien droite, que l'on tient en tremblant, le temps que la cire se solidifie, puis l'impulsion lui était venue, se pencher soudain vers Hyacinthe et l'embrasser furtivement, dans la crainte qu'elle la repousse, mais elle ne l'avait pas repoussée, non, elle s'était laissé faire, étonnée peut-être de cette audace de mère après tout ce temps. Et jusque tard dans la nuit, bien après le retour d'Alexia et de Jivan dans leurs chambres, il lui avait fallu de longues heures pour que l'envie de sommeil la gagne, que s'estompe l'espèce de tremblement intérieur qui continuait à l'habiter là, sur le fauteuil du palier, avec le vent qui faisait tinter dans la cour les cordes et les câbles de la marquise, remuait au fond du grenier ce qu'on appelait les combles et qui voulait dire dans l'enfance n'importe quoi : les grincements de charpente, les clameurs, les morts, les esprits, tandis que lui revenait sans cesse en mémoire le souvenir de Hyacinthe à l'hôpital de Caen, ce petit corps d'avant l'autre corps, et qu'elle n'avait pas eu peur à l'époque de serrer contre elle, mais qu'elle craignait d'embrasser maintenant, qu'elle approchait avec crainte, comme si cela s'était cassé un jour après l'hôpital et la énième crise d'asthme, un jour précis des huit ou neuf ans de Hyacinthe, quand elle était venue la confier à son père, voyant tout, pressentant tout à ce moment-là : la petite dont elle vient de déposer les valises et qui avance vers son grand-père, ensuite la grande main qui se referme sur celle de l'enfant, et elle qui les embrasse à peine, quitte très vite, traverse la cour et ne se retourne pas.

Toute au bonheur de respirer Ulysse enfoncé dans son sommeil, ses lèvres entrouvertes, à peine gémissantes, des traces de larmes séchées le long de ses joues, parce qu'il avait longtemps pleuré, lui avait dit Marie-Doune, parce qu'elle n'aurait pas dû le laisser seul dans cette chambre qu'il ne connaissait pas. Et tandis qu'elle se moulait délicieusement à son petit corps chaud, elle avait repensé à la question de Jivan, claire, perçante et comme embarrassée : *mais toi, Alexia, est-ce que tu as vraiment connu l'amour ?*

L'amour qui fait battre ton cœur et trembler, l'amour qui te remplit et te vide… Mais elle avait éludé avec des considérations vagues, générales dont il ne se souvenait pas vraiment. Et il éprouvait tout à coup une sensation bizarre à poser la main à plat sur la paroi du mur qui le séparait d'elle, retrouver le toucher froid du plâtre, avec ses trous et ses lignes gravées, continents, îles, archipels, et l'imaginer de l'autre côté, dans sa chambre inchangée du second étage, comme du temps où elle lui envoyait des salves de petits coups secs qu'il comptait avec ferveur, les transformant en lettres selon l'ordre alphabétique : *viens, Jivan,* V.I.E.N.S.

Pensant : vérifier que rien ne manque, la jaquette, la chemise, le col, le pantalon rayé, la lavallière, pensant aux souliers noirs, dire à Lili de cirer les souliers noirs, pour qu'ils paraissent neufs, avait insisté Lynn, les souliers du marié sont toujours neufs, pensant qu'il avait peut-être un peu forcé sur le saint-julien, se disant qu'il ne monterait pas dans sa chambre, ne demanderait même pas à Lili de la débarrasser des débris de verre, dormirait ici dans le canapé de la ferme, à côté de tout l'attirail : jaquette, col, pantalon rayé, laval..., prendrait d'un trait quatre ou cinq heures de sommeil, pour être bien frais au matin du grand jour, n'aurait pas dû terminer la bouteille de saint-julien, mais rien de grave, dormir surtout, rien de grave, rien que ce p... de traiteur qui voulait son acompte, ils avaient dit grand beau à la radio, grand beau le matin pour la photo, visez-moi ça les cinq, tous les cinq, au trot et en file indienne..., n'auront jamais vu ça à Chavy, dire à Lili pour les souliers noirs, trop bu, foutu traiteur de m..., est-ce qu'elle dormait maintenant la toute belle, est-ce qu'elle dormait la perle dans sa liquette de satin blanc, *demain Olivier Fougeray épouse une perle*, pure british, a monté Shilom et Marquise de May, *demain Olivier Fougeray...*, penser dire à Lili..., totalement ciré..., grand beau, Lili, grand beau sur la phot..., grand beau.

Et Ulysse qui s'était mis à respirer très vite, gémissait *catch him, catch him...*, courait dans son rêve puis s'apaisait peu à peu, avalait quelques mots encore et se réenfonçait dans son sommeil profond.

Le jour

Ce rire de Lynn quelle splendeur, avec le vent qui soulevait sa coiffe et dérangeait ses cheveux, quelle beauté cette douceur rosée de la peau de Lynn, et le chapelet de perles qui bordait son col, et ses yeux qui n'en revenaient pas, parce que le secret avait été bien gardé, et parce que c'était désormais lui, Olivier Fougeray, le grand maître du *dream* et l'homme de sa vie, debout en plein ciel, les genoux collés à la rambarde du cabriolet et soupesant de sa main gantée les deux guides de Duchesse, son bon trot fluide, régulier, indifférent au poulain qui gambadait à droite, et quand dans un instant ils allaient quitter la route, obliquer sur le chemin de Sault, ils auraient pour eux toute la mer...

Bleue et argentée, sur fond de laquelle ce lent, aérien cortège des cinq tilburys, lancés au trot dans une file quasi parfaite, comme une esquisse pure, se disait Marina, pure illustration de la Grande Famille, chaque attelage correspondant à un enfant, chaque enfant suivant l'autre par ordre d'âge, et se présentant ainsi au jugement de l'image, la formidable image, avec sa famille complète ou incomplète, les présents et les absents…

Hyacinthe absente, Théo absent, et Gil, et Nathan bien sûr, tous ceux qui étaient auparavant sur la photo de famille, sans parler des défunts, se souvenait Grâce, non sans une sourde fierté d'avoir elle tenu son couple, et de le tenir toujours, là bien droite contre le soleil et le vent, entourée de ses deux jumelles, tandis que Franz les attendait à la chapelle avec ses appareils photo… Mais où donc était le photographe officiel ? Est-ce que c'était lui qui courait là-bas tout en haut de la prairie ?

Car il courait le pauvre, empêtré dans ses appareils, s'arrêtant soudain au milieu des vaches et se campant là jambes écartées, changeant fébrilement d'objectif, se disant c'est là, c'est à ne pas rater, c'est l'instant où jamais, puis ramassant déjà ses affaires, s'emmêlant dans ses bandoulières… Et si c'était lui le spectacle, se disait Alexia en serrant son Ulysse qui debout, les joues rouges d'excitation, secouait la guide en hurlant, et si le spectacle était cette danse pataude, claudicante du gros homme harnaché d'appareils, plutôt que le cliché attendu des tilburys, extrait tout droit du grand film d'amour d'Olivier en Cinémascope… Heureusement qu'il y avait ce poulain pour courir en liberté auprès des mariés, sa croupe bondissante, ses longues jambes graciles donneraient à l'image cette touche de verdeur, d'impertinence, il serait le *punctum* de l'image comme dans les photos officielles le petit ventre bombé de Lynn… Les

Fougeray avaient décidément toujours été des princes, songeait-elle, avisant derrière elle la longue rutilante file des voitures qui suivait au ralenti l'attelage de Jivan…

Lui-même pris dans une sensation de léger vertige, à cause de la prairie en contrebas très en pente, au point qu'il avait toujours tendance à se pousser vers Mrs Ensworth, la mère de Lynn, assise à côté de lui sur la banquette, puis se laissant happer à l'arrière par un autre vertige, à cause des voitures qui suivaient lentement, processionnellement, leurs pneus écrasant les graviers du chemin, comme à l'enterrement de maman, se souvenait Jivan, lorsqu'elles suivaient à distance le corbillard couvert de fleurs qui s'avançait entre les prairies, et que la longue file des véhicules semblait diffuser dans le dos la sourde menace des temps à venir, tenue en respect par la mort de maman ou la mort tout court, l'avancée cérémonielle de la mort : cette limousine chromée, rutilante, avec ses tentures noires et ses flambeaux de verre, que le père suivait seul au monde, à deux mètres devant ses enfants, Marina entourée par ses deux petites, Marie-Doune et Hyacinthe, Grâce enceinte des jumelles, Alexia très droite qui lui tenait la main, Olivier le dernier.

« Seigneur Dieu tu as sanctifié le mariage par un mystère si beau que tu en as fait le sacrement de l'alliance du Christ et de l'Église… » Mais qu'est-ce qui était vrai dans ces sirupeuses formules que récitait le curé de sa voix de fausset, brisée ou brûlée, avec cette intonation

vaguement chantante qui exerçait toujours sur elle un immédiat pouvoir d'accablement. Y avait-il une seule personne dans la chapelle pour se poser la question du rapport entre les mariés du jour et le couple Christ-Église ? Pure divagation d'ecclésiastique, se disait Alexia, invention de théologiens en chambre, c'était bien le malheur de cette institution que de n'appartenir qu'à ses clercs, avec leurs mots de clercs, *homélie, sacrement, eucharistie,* qu'ils ressassaient d'un office à l'autre dans l'indifférence générale. Et qu'est-ce qu'il y entendait d'ailleurs, notre grand dadais d'Olivier, lui qui n'avait jamais pensé qu'à soulever les jupes des nonnes ? Agenouillé là comme un communiant, engoncé dans sa jaquette trop étroite avec sa nuque rasée qui débordait du col blanc, il affrontait sagement les flashes des photographes. Et sur fond de récitatif chevrotant, le regard d'Alexia se prenait à errer le long des murs de la chapelle (deux pieds de colonnes romanes, XIIe siècle, reconstruite au XIXe), s'attarder sur le splendide ensemble de Marina, longue veste sur jupe à volants parme, les petits escarpins perlés de Lynn, l'expression toujours effarée du photographe, rencogné contre le mur, et sur la chaise de coin la petite Maya, instituée fille d'honneur, longs cheveux tombant sur ses épaules et courtes manches festonnées comme Alice au pays de l'ennui, et qui, les paupières presque closes, jouait à se pencher, se pencher, se pencher encore…

« *Que tous ils soient un, comme toi, Père, tu es en moi et moi en toi. Qu'ils soient un en nous pour que le monde croie que tu m'as envoyé. Et moi, je leur ai donné la gloire que tu m'as donnée, pour qu'ils soient un comme nous sommes un : moi en eux, et toi en moi...* » La joie était venue à ce moment-là, dans les suspens que ménageait le vieux prêtre entre chaque phrase et qui donnaient l'impression qu'il expulsait par à-coups le texte d'une lente, inexorable révélation, paroles que Jivan connaissait pourtant mais qu'il retrouvait avec un léger décalage de compréhension, comme on redécouvre une musique oubliée. La joie était cette sensation ahurissante que l'unité dont parlait le texte se trouvait à peine séparée de lui par l'écran du réel : cette chapelle bondée portes ouvertes sur la mer, ces corps attroupés en silence dans la tiédeur du midi, comme si tout cela n'était que la pellicule des choses, l'écume du vivant, des hommes et des femmes rassemblés entre ces murs pour sceller les noces de l'homme et de la femme, chacun saisi à un moment de sa vie, dans l'enfance, le plein âge ou juste avant le foudroiement, et tous comme des roseaux fragiles que viendrait coucher la grande unificatrice, celle d'avant et d'après la création du monde, disait le texte, parce qu'il fallait bien des mots pour s'adresser aux hommes, il fallait quelqu'un qui parlât la langue des hommes. Et comme il était étrange à ce moment-là d'entendre cette langue comme si elle s'adressait tout particulièrement à lui, lui donnait soudain à saisir l'énigme de ce je suis, je suis Jivan, né, abandonné de l'autre côté du monde, donné pour mort à l'orphelinat de Cochin, accueilli dans cette famille blanche, prenant corps à ce paysage, grandissant dans cette lumière. Et au regard de cette joie soudaine de se sentir être simple passager de cette terre, au bord de l'unité d'où nous étions venus, où nous retournerions tous, la peine d'amour de Noah était devenue légère, trace lointaine d'un voyage où ils avaient dérivé à deux comme des enfants nus, elle prononçant ahurie des mots qu'elle semblait ne pas comprendre et selon lesquels il était son frère d'ailleurs, son jumeau cosmique, puis se recroquevillant dans l'ombre et faisant glisser son corps splendide vers la disparition.

Alors l'oiseau, ce volatile poussiéreux qui s'était brusquement décroché de la charpente, avait tournoyé un instant au-dessus des têtes avant de disparaître par un carreau brisé. Et tous étaient encore sous le signe de cette chouette épouvantée battant l'air dans le silence, cependant que la voix un peu tremblante d'Olivier, debout dans le chœur, adressait à *sa petite Lynn* une espèce de poème touchant, maladroit, pour lequel il n'avait demandé l'aide de personne, se disait Marina, lui qui ignorait tout de la poésie mais s'était essayé ainsi vaillamment à ouvrir son cœur. Et à peine le prêtre recommençait-il son boniment qu'elle replongeait dans le souvenir qui l'occupait depuis le début de la messe et grâce auquel selon une vieille habitude elle luttait contre l'ennui. Souvenir du voyage à Aarburg en Suisse alémanique et qui devait dater d'avant la mort de Pierrot : c'est le mois d'août, elle a onze ou douze ans, le père l'emmène dans la vieille Chevrolet, ils s'arrêtent dans un pensionnat désert, elle mange en tête à tête avec lui au fond d'un immense réfectoire vide, il lui raconte des histoires avec une lueur dans les yeux, il lui explique des choses de l'archéologie qu'elle absorbe sans comprendre, dans le couloir il lui pose la main sur la nuque, d'un geste d'écrasante tendresse qui la fait frissonner, elle est sa fille unique, sa petite fiancée, ils dorment dans un grand lit double, il lui offre pour sa collection un petit os de phalange, une pierre trouée qu'il tourne et retourne dans sa paume comme une preuve irréfutable de l'existence d'un ancien monde, un jour il l'emmène avec lui sur un chantier de fouilles couvert de bâches en plastique, au professeur suisse qui les a rejoint sur les lieux il dit c'est ma fille aînée, elle s'intéresse déjà à l'archéologie, et dans l'unique photo qui surnage du voyage il lui tient la main devant un portail d'école, elle lève les yeux sur lui et paraît intensément heureuse. C'était ce bonheur qui lui restait en mémoire, la beauté du crépuscule au début du voyage et cette transmission d'objets dont personne sauf elle et lui ne devait connaître la provenance : un tesson, une pendeloque, une dent de renard, un coquillage rond qu'elle aimait conserver sur le plat de la langue, en agacer la nacre avec les dents, penser qu'autrefois, il y avait des milliers d'années, une femme le gardait ainsi comme elle dans la cavité mouillée de sa bouche.

Puis dans le silence absolu, cisaillé par les clics des appareils photo, alors que la voix fluette de Lynn prononçait mot à mot : *Olivier, je te reçois pour époux...*, Grâce s'était enfoncé les ongles dans la chair de la main voyant pâlir au-dessus d'elle la nef de la toiture et cherchant du regard son Franz, l'objectif de la caméra qui lui faisait un œil rond, profond, cyclopéen, tandis que ses jumelles prenaient place face au lutrin : Dora qui ajustait le manche de sa guitare puis toutes deux prenant leur souffle avant d'entamer l'*Alléluia*.

Il riait maintenant, comme Alexia ne l'avait plus vu rire depuis longtemps, dans son élégant costume de velours noir. Quand Jivan riait ainsi avec son visage d'enfant, plus beau, plus indien, plus radieux que jamais, elle brûlait d'envie de se laisser couler dans ses bras, respirer comme autrefois son odeur de frère d'ombre enfin débarrassé de son ombre et riant pour n'importe quoi : Franz, la chouette, le photographe, l'ahurissement du vieux curé au sortir de l'office lorsque Olivier avait détaché le cheval du tilbury pour le monter à cru, implorant de se faire photographier avec Lynn qui refusait de salir sa robe. Et les cloches claires de la chapelle tintaient encore dans le lointain tandis que la petite route d'asphalte déroulait ses paysages, prairies, haies, murets, pentes de fougères, horizon bleu de mer balayé par la crinière du cheval roux qui tractait le cabriolet. Et plus ils s'éloignaient de la chapelle plus ils s'éloignaient aussi de Chavy, remontant vers le parking du Sémaphore et se disant qu'ainsi ils arriveraient plus tard au vin d'honneur, au diable le vin d'honneur, et que le bonheur était là sur cette route buissonnière qui filait droit vers la mer, tous deux serrés sur la banquette du tilbury avec entre eux le petit Ulysse qui ne se tenait plus d'excitation, le bonheur était cette lumière rincée par le vent tiède du début d'après-midi, et quand il se tournait vers elle l'envie la reprenait de lui céder comme on cède à une inclination ancienne, un peu trouble, qu'on s'était interdite depuis des années : laisser tomber sa tête sur son épaule et voir un moment basculer le ciel, oh Jivan.

Pensant qu'il était déjà deux heures, que la cour était déjà noire de monde et que l'on commençait à peine à sortir le champagne, se demandant si Lili avait réchauffé les feuilletés, froids les feuilletés étaient immangeables, fonçant droit vers la porte de la ferme en contournant les cousins Pesarini, avisant Lili et sa fille Dolly occupées à redresser un parasol, se disant qu'il y avait plus urgent que les parasols : réchauffer les feuilletés, puis voyant fondre sur elle le vieux Chadkine qui s'exclamait *toujours aussi belle, Grâce, Franz m'a dit que*, se forçant à sourire à M. Chadkine, se laissant prendre la main par le vieux beau, l'écoutant disserter sur sa dernière anecdote médicale, chassant de son esprit le visage poudré de la tante Gauchetier qui un instant plus tôt lui avait saisi le bras avec la même avide sollicitude : *nous avons eu si peur pour toi, ma chérie*, et se jurant de ne rien répondre parce que sa douleur lui appartenait, et parce qu'elle était Grâce, celle qui ne se plaint jamais, se relève après être tombée, ne pleure pas quand son genou saigne.

Que la robe n'était pas idéale pour chevaucher un demi-sang, observait en douce l'ami de Mrs Ensworth, mais que c'eût été une image inoubliable, à encadrer dans leur future salle à manger, *incredibly romantic*, et de surcroît parfaitement morale puisque c'était le marié qui enlevait la mariée, vieille habitude française... Et l'Anglais plissait bizarrement le nez en cherchant à capter le regard de Lynn, parfaitement indifférente, souriant pour le photographe qui rôdait dans les parages. Et quand Dolly s'était approchée par-derrière avec le plateau des petits fours pour lui glisser à l'oreille de sa petite voix câline *tu en veux, Oli ?*, il avait senti soudain quelque chose de chaud, intime et fondant, comme quand elle lui demandait *tu veux, Oli ?* en mouillant ses lèvres avec sa langue, puis venait chalouper contre lui son joli petit cul, se laisser soulever la robe et caresser le haut des cuisses, avant de monter *faire Oli-Dolly* dans la chambre du grenier. Et toujours aussi rondelette, se disait-il en regardant s'éloigner ses mollets dorés, son petit cul déhanché, serré dans le tailleur noir, toujours légèrement vulgaire mais pareille à ce qu'elle était, sans un pli dans la mémoire, sans une fin d'histoire qui donnait envie d'oublier l'histoire, simplement un très vague regret parce que Lynn ne lui dirait jamais : *tu veux, Oli ?*, l'air de rien, comme une envie de partie à deux, insouciante et joyeuse, faire l'amour avec Lynn était toujours l'aboutissement d'une préparation longue et complexe, avec le moment à choisir, l'atmosphère à créer, les mots à ne pas prononcer, mais il se produisait au terme de ce parcours d'obstacles un incroyable blanc dans la tête, un orage, une explosion de blanc, quelque chose d'inimaginable et de furieux qu'il n'avait ressenti avec aucune autre femme, et dont elle émergeait elle dans une sorte d'état second, les yeux tragiques et fuyants, les lombes en sueur, comme si elle n'était pas vraiment fière de ça, qu'elle préférait oublier jusqu'à la prochaine fois, que de toute façon ça n'avait rien à voir avec elle, ou ce qu'elle pensait d'elle, disons son esprit de beauté, cette manière toujours un peu lisse, absente et intouchable qu'elle opposait à présent à l'ami de Mrs Ensworth. Alors Olivier avait glissé le bras le long de sa hanche et tenté le seul geste qui ces derniers temps parvenait toujours à lui faire baisser la garde : poser sa main sur son ventre brodé, et voir ses yeux s'éclairer, s'ouvrir : *je ne sais pas ce qu'il a aujourd'hui, il n'arrête pas de gigoter*, puis rester là au beau milieu de la noce avec sa grosse paume sur son ventre, à l'affût d'un petit choc puis un autre, comme leur secret à eux seuls, ces battements espacés dans la nuit de personne.

Ne pas penser, surtout ne pas penser, glisser d'un groupe à l'autre et se dire que c'est un jeu sans conséquence, plus ensoleillé, plus provincial que les cocktails de Genève, mais un jeu, une danse, où se laisser griser par la pétillance du demi-brut, déposer ici un mot, là un sourire, quitter cette vieille porcelaine de grand-tante pour tomber dans les bras de Jacques H., lui rendre son compliment, convenir avec lui que la fête est superbe, le temps superbe, une chance extraordinaire, mais qu'on prévoit de la tempête en soirée, prétexter la soif pour s'éclipser vers les parasols, entendre claquer derrière elle la voix d'Hubert qu'elle avait avisé de loin tout à l'heure, ne pas se retourner tout de suite, attendre le moment ultime, capter dans ses yeux cette lueur de saisissement aussitôt recouverte par le *qu'est-ce que tu deviens, Alexia, on m'a dit que*, puis supporter la conversation obligatoire, quelques mots sur son travail au HCR, la promesse d'en reparler tout à l'heure, penser en le quittant qu'il s'est empâté comme les autres, qu'il est devenu un bourgeois bien mis, bouffi de repas d'affaires, se diriger vers le notaire Périano pour en savoir un peu plus à propos de la réunion du lendemain, peiner à comprendre le petit homme dont la voix se perd dans le brouhaha, avoir la confirmation toutefois que rien ne pourra se décider sans la nomination d'un administrateur pour représenter *l'absent*, croiser Marina avec ses lunettes fumées, lui demander ce qu'est devenu le tableau de Micha, l'entendre murmurer Grâce bien sûr, incorrigiblement Grâce, se savoir alors visée par le photographe, le canon de son objectif qui l'ajuste entre deux épaules, sentir en se retournant le talon de sa chaussure qui se coince, une vive douleur à la cheville, brève et soudaine remontée du rêve, la funèbre impression du rêve lorsqu'elle était en retard à la table familiale, et apercevoir à cet instant-là devant la façade éclatante de la ferme, piquée de taches fuchsia, un homme se porter vers elle, son visage au-devant du soleil, sa voix chaude, un rien ironique : *serait-ce donc vous, Alexia ?*

« *Bonjour, ma cousi-i-ne*
Bonjour, mon cousin germain
On m'a dit que vous m'aimez
Ce n'est pas la vérité
Je m'en soucie guè-è-re
J'ai aut'chose à fai-ai-re
Passez par ici et moi par là
Ah »

Ils pensent qu'elle passera mais tout me conduit à penser qu'elle ne passera pas, proclamait Henry, parce qu'il proclamait toujours, même à trente centimètres d'elle il parlait pour un amphithéâtre, et comme il lui lançait à présent un regard interrogatif Marina s'était soudain demandé de quoi il lui parlait, quelle était cette chose dont tout conduisait à penser qu'elle ne passerait pas, les prophéties passent, les sociétés passent, les concepts, les ouragans passent, pourquoi, mais pourquoi, en vertu de quel charme ou de quel contre-charme perdait-elle instantanément le fil de la conversation lorsque Henry commençait à lui parler ? Le soleil faisait luire le crâne du vieil homme qui maintenant la couvait à la dérobée de ses grands yeux grossis par les verres, précisant que *la question n'était peut-être pas d'actualité mais il fallait bien qu'on se la pose*, et c'est à ce moment-là qu'elle avait aperçu Hyacinthe à la fenêtre du premier étage, sa silhouette fendue par le rideau de soleil, alors qu'Henry poursuivait son histoire ou son exposé, sa démonstration, son commentaire explicatif, affirmant que c'était l'affaire d'une année ou deux, *car un an c'est beaucoup à l'échelle de ce temps accéléré qui est le nôtre*, puis la poussait dans le dos de cette main ferme et courtoise qu'ont les vieux messieurs envers les dames. Et maintenant qu'ils étaient à l'ombre de la marquise face au portail grand ouvert de la grange où l'on distinguait les tables aux nappes claires dressées pour le dîner, chacune fleurie, étincelante de verres en cristal, elle avait repensé aux larmes de Hyacinthe le lendemain du jour où l'on avait appris la noyade de papa, cette seule fois où Hya s'était laissée aller à pleurer devant elle, expulser sa rage en sanglots qui lui déformaient le visage, et devant lesquels elle n'avait trouvé ni mot, ni geste, comme si elle avait eu peur de tomber avec sa fille dans un puits sans fond, ou comme si cette consolation par les corps était devenue impossible, Marie-Doune l'aînée était toujours restée près de son corps, elle aimait essayer ses robes et enfiler ses collants, Maya aussi adorait se couler dans ses bras comme une petite bête ronronnante, mais le corps de Hyacinthe avait dû glisser loin d'elle sans qu'elle s'en aperçoive, c'était un corps qui n'aimait pas la caresse des mères, un corps qu'elle avait laissé partir un jour comme elle avait laissé partir son mari pour une femme plus jeune. Pourquoi, mais pourquoi laissait-elle ainsi les êtres la quitter, se demandait-elle à l'instant où Henry venait de poser un bras sur le sien : *je vous saoule, je vois bien que je vous saoule avec toutes mes histoires,* puis scrutant la petite assemblée levait une main autoritaire à l'intention de Dolly qui circulait avec le plateau de verres. Le soleil faisait éclater les couleurs des robes, des chapeaux, des étoles, et parfois une rafale de vent provoquait parmi les convives un remuement joyeux, Hyacinthe n'était plus à la fenêtre et Henry par bonheur avait disparu.

« Au r'voir, ma cousi-i-ne
Au r'voir mon cousin germain
On m'a dit que vous m'aimiez
Ce n'est pas la vérité
Je m'en soucie guè-è-re
J'ai aut'chose à fai-ai-re

Passez par ici et moi par là
Ah »

Dans son souvenir il y a une fête, mais il est tout petit dans la fête, parfois un homme le saisit par les hanches et le hisse devant tout le monde en criant c'est Jivan, voilà Jivan, notre célèbre petit Jivan, et dès que l'homme le redépose à terre il court se réfugier sous la table dont la nappe tombe jusqu'au sol et où l'attend Alexia, accroupie dans la pénombre sous cet auvent improvisé. Les jambes des femmes sont nues et luisantes, elles ont de hauts talons qui font un bruit de métal sur le dallage. Sous la table Alexia lui demande de *faire bébé,* c'est-à-dire de se coucher sur ses jambes et de se laisser chatouiller le bas du ventre, Alexia rit quand il rit, et même quand elle lui fait un peu mal, puis ils entendent maman appeler *Jivan, Jivan,* de sa voix très aiguë, et Alexia lui plaque la main sur sa bouche pour qu'il ne vende pas la cachette. Mais maman finit toujours par les trouver, elle soulève le bas de la nappe et roule de grands yeux en se retenant de rire, tous les invités viennent alors autour d'elle et face à tous ces gens qui rient il donne des coups de pied, il hurle, il est un mauvais petit Jivan, et maman le serre de toutes ses forces jusqu'à ce que ses coups s'épuisent et que les invités de la fête recommencent à rire autour de lui. Car personne, non personne ne peut comprendre ce que c'est que d'être un enfant à la peau noire, que l'on extrait ainsi au milieu des rires du plus profond de la honte.

Et voilà qu'en bon séducteur il lui faisait à présent le coup du *mais si, mais si* (« mais si, je vous assure que nous nous sommes connus, vous n'en avez peut-être aucun souvenir mais moi je me souviens très bien de vous… »). Avec son beau sourire menteur cet ami d'Olivier avait un évident talent pour la drague, l'art d'appuyer où il fallait, de cueillir votre embarras et vous ramener toujours l'air de rien vers cette petite zone intime où le désir est bien vivant. Non elle n'avait pas le moindre souvenir de lui, les amis d'Olivier fréquentaient Marina, mais jamais elle ou Grâce, ce détail s'avérant du reste sans importance, puisqu'ils étaient dans un jeu, d'esquives et de touche-touche, où l'on fait mine de se trouver pour aussitôt se perdre, non sans un certain plaisir d'ailleurs, le meneur étant ici habile et plutôt bel homme : beau regard sombre, grand corps musculeux, voix d'alcôve, quelque chose d'impératif et sans doute un vieux fond de nostalgie qui donnait envie de le connaître davantage, à tout le moins de prolonger un peu le divertissement. Mais au moment où il lui avait dit, murmuré plutôt : *Milan Oposzewski*, tout avait basculé, elle avait instantanément revu le fils de l'ouvrier polonais qui venait aider à la ferme, ce grand adolescent au torse nu qu'elle observait par la fenêtre au fond du jardin de Chavy, veillant elle aussi à ce qu'il la regarde, mais de loin, à la distance où elle le regardait, l'un et l'autre se guettant pendant de longs moments mais sans un signe, sans un salut, comme pour épuiser par le regard une espèce d'ahurissement envers l'autre, l'étranger, celui qui serait toujours de l'autre côté, au point qu'à cet âge où elle commençait à aimer écrire elle avait été incroyablement curieuse de son nom, le trouvant beau et difficile, le recopiant phonétiquement dans son cahier d'écriture, *milane opochevski*, ce même nom qui venait brusquement de lui faire détourner les yeux, rompre le contact, chavirer en un instant dans le monde candide et grave des amours enfantines. Alors elle s'était forcée à sourire, se reculant doucement, ne répondant pas à ses questions *(mon nom vous fait donc sourire ?)*, pressentant qu'un danger était proche, qu'il suffisait de presque rien pour qu'elle bascule avec cet homme dans quelque chose de puissant, noir, émanant de son corps, sa voix au grain rugueux, chaude, insistante, *j'ai vraiment l'impression que mon nom vous dit quelque chose,* et qui semblait s'avancer vers elle irrésistiblement, tandis qu'elle souriait toujours, prétendait d'un ton un peu cassant que non, non, cela ne lui disait rien, affectait sans cesser de sourire une expression navrée, inventait le prétexte d'Ulysse pour prendre la fuite.

Peut-être un effet du champagne, mais le vertige était léger, une douce absence de corps, l'impression de flotter au fil d'un fleuve ou de glisser sur une pente enneigée, le temps, le retard pris sur l'horaire n'ayant plus la moindre importance (il était passé trois heures trente). Grâce venait de se retourner sur la pierre du seuil, autour d'elle vibrait la belle lumière de l'après-midi, le vent soulevait les nappes, les enfants jouaient à se poursuivre et dans l'euphorie bruyante qui gagnait peu à peu les convives elle avait l'impression que chacun était à sa place dans la polyphonie du monde. C'était peut-être la première fois qu'elle découvrait associé à son vertige ce sentiment d'émerveillement qu'elle rattachait sans le moindre doute à son anesthésie. Car il s'était passé là quelque chose qu'elle n'avait dit à personne, ne dirait même pas à Franz, parce que les mots ne pourraient jamais rendre compte de cette expérience unique d'avoir vu le rideau se déchirer sur le blanc pur, l'immense étendue de blanc, au point que revenir avait été difficile, non pas revenir d'un rêve ou d'un voyage mais revenir d'avoir été là-bas, portée par la douce main du fleuve. Sergueï, s'il était un être auquel elle s'autoriserait à parler de l'expérience ce ne pourrait être que Sergueï qui était là sur le seuil, la première personne vivante quand ses paupières s'étaient entrouvertes. Et tous ses morts, pensait-elle soudain, tous ses morts pour lesquels elle avait tant versé de larmes, maman à laquelle elle avait entrenoué le chapelet aux doigts, Pierrot dans son drôle de cercueil blanc, et papa, souriait-elle, désormais toute la mer.

Incertaine d'abord, n'en croyant pas ses oreilles, puis s'approchant sans bruit de la porte entrouverte de la bibliothèque et attendant là dans la pénombre du couloir, cherchant à démêler le murmure presque inaudible de leurs deux voix entrecoupées de silences, percevant surtout la voix de Jivan dont les inflexions interrogatives, les fins de phrases toujours un peu chantées semblaient repartir sans cesse à l'assaut de son silence, comme s'il attendait une réponse, un assentiment, puis lui réexpliquait quelque chose. Que c'était sa maison, lui disait-il, que ce serait toujours sa maison, que chacun portait en soi l'âme d'une maison, que même lui qui était né à l'autre bout du monde portait en lui cette maison-ci dans laquelle il avait grandi, toutes choses que seul Jivan eût pu lui dire ainsi, d'une manière douce, désarmante, avec cette sorte de poésie qui était la sienne et que Hyacinthe relançait de temps à autre d'une interjection ou d'une courte phrase, mais si bas qu'aucun sens ne lui parvenait, seulement sa voix ou la sensation de sa voix plutôt, l'émotion la prenant à la gorge parce que enfin, au bout de tout, c'était bien la voix de Hyacinthe, elle entendait la voix de Hyacinthe, sa fille Hyacinthe s'était remise à parler. Mais à l'instant où l'une des jumelles avait surgi du salon, étouffant aussitôt sa question (« tu n'as pas vu mam… »), il lui avait fallu apparaître en pleine lumière, comme une espionne sans doute à leurs yeux, affectant la surprise, voyant Hyacinthe se crisper au fond du sofa puis se lever d'un bond avant de disparaître.

Là son cœur s'était brisé, parce qu'il n'avait jamais vu Marina ainsi. Elle s'était laissée tomber dans le sofa, et pendant un long moment elle était restée le regard baissé avec ses longues mains qui lui masquaient le bas du visage. Puis lorsqu'elle avait relevé sur lui ses yeux cernés, silencieux, il lui avait dit ce qu'elle savait sans doute, à propos de la vente de la maison qui était pour Hyacinthe une espèce de fin du monde, regrettant aussitôt l'expression fin du monde, puis ajoutant que Hyacinthe finirait par comprendre, qu'il en avait la certitude, comme si tout cela n'était au fond qu'une bouderie d'enfant. Et comme Marina, très bas, l'avait remercié, lui confiant que Hyacinthe avait trop aimé son grand-père ou que son grand-père l'avait trop aimée, qu'elle-même avait dû la perdre à un moment, il s'était senti brusquement intimidé de recevoir la confidence de cette sœur tant admirée mais toujours si distante, avec l'idée étrange qu'elle pourrait les abandonner un jour, qu'il ne fallait pas qu'elle les abandonne, ne pas perdre son sourire, pensait-il en la regardant, ce sourire hérité de maman, cette sorte de tranquillité souveraine grâce à quoi ils tenaient tous ensemble, ils vivaient sous la protection des mânes, tous les enfants Fougeray dans la lumière de ce sourire.

J'ai dû la laisser partir à l'époque, j'étais enceinte de Maya et je n'en pouvais plus de cette enfant toujours malade, son père n'était jamais là, je l'ai donnée à papa, je savais qu'ils étaient faits de la même sauvagerie.

Maintenant Lynn le regardait vraiment, elle était enfin à lui : une vraie petite femme qui lui passait du désinfectant sur la paume avec un tampon d'ouate, comme une caresse un peu piquante, et lui faisait sa leçon de petite femme, tout doux, tout doux, écoute ta petite femme, n'abîme pas ce beau jour, Olivier, écoute la seule personne qui sait parler à tes emportements, d'ailleurs il ne s'était rien passé de grave ni de très visible, le verre lui avait simplement éclaté entre les mains à cause de cette vieille cinglée de Gauchetier puis de ce con de traiteur, l'un après l'autre, comme s'ils s'étaient donné le mot, mais tout doux, tout doux, on oublie ça, Olivier, d'ailleurs l'entaille était légère et ne saignait déjà plus, une virgule sur la ligne de chance, ça porte bonheur, lui disait Lynn avec son sourire adorable, tout en continuant sa petite leçon de vie, expliquant que le traiteur n'avait peut-être pas tort, qu'il faisait simplement son métier, qu'on pouvait bousculer les conventions mais jusqu'à un certain point, que sortir les tables au soleil alors qu'ils avaient passé toute une journée à les dresser dans la grange, ce n'était peut-être pas une si bonne idée que ça, avec le vent, tu vois la scène, et puis, mon grizzly (il aimait tant être son grizzly), nous ne sommes pas dans une noce sicilienne mais un grand mariage à la française, ainsi était Lynn, insaisissable pendant la cérémonie mais dès que la circonstance l'exigeait une vraie petite femme. Et comme Lili s'empressait avec une serviette éponge répétant mais madame, faites attention à votre robe, vous imaginez, le sang, il s'était souvenu que ce n'était pas tant le traiteur que la vieille cinglée qui l'avait mis hors de lui quand elle lui avait demandé l'air de rien, la bouche en cul de poule, si son fils Gil était là, alors qu'elle savait très bien, la vieille peau, elle savait très bien..., mais tout doux, tout doux, tout doux, se raisonnait-il, écoute ta petite femme, laisse-toi soigner par ta petite femme, ferme et ouvre la main puisqu'elle le demande, prends ce baiser qu'elle y pose, il est quatre heures passées, ils nous attendent en bas pour servir l'entrée.

Ce qui s'appelait aux cartes un jeu exécrable : à gauche une connaissance d'Olivier qui s'il n'était pas tenu par sa femme lui aurait proposé de coucher le soir même, et à droite, de l'autre côté de la chaise d'Ulysse, l'inévitable Hubert, le premier vendait un concept informatique original, il faisait aussi du cheval le dimanche (d'où Olivier) et le second n'en démordait pas de ses opinions politiques type bonne droite notariale, qu'il défendait d'ailleurs de manière obsessive comme une envie de chamaillerie ou pour retrouver un peu de contact avec elle, vingt ans après leur flirt qui n'avait pourtant duré que quelques jours. Et si les femmes s'en mêlaient c'était pire, la conversation s'écrasait mollement sur le thème des robes de plage ou de la rentrée scolaire des enfants, quand ce n'était pas le souvenir enchanté d'un navet hollywoodien qui traversa le ciel de la table juste avant que l'on dépose devant chacun des dîneurs cette *nage de coquilles Saint-Jacques aux petits légumes*, afin qu'ils s'y penchent tous dévotement en faisant tinter les couverts à poisson sur les assiettes au fil doré. Au fond, se disait Alexia, le consumérisme ambiant, la télévision et les magazines devaient produire de table en table les mêmes conversations ankylosées, et si les opinions resucées d'Hubert différaient des siennes, voire de celles de son voisin de droite tous finiraient par communier au dernier tohu-bohu médiatique, l'époque était d'un conformisme affligeant. Mais Hubert s'entêtait, il cherchait un terrain de petite guerre, comme autrefois, mais très loin dans sa mémoire il quémandait un baiser, un baiser, encore un baiser, sa conversation glissait donc dangereusement sur le thème de la coopération en Afrique et de la gabegie des organisations internationales, sujet brûlant et légitimement prisé dans les rencontres dînatoires. C'est alors qu'Ulysse avait déboulé du jardin, bondi sur sa chaise, roulé sa tête sur ses genoux en se tortillant, *'am hungry, mum, 'am hungry…* Et de sentir là son petit diable haletant qui n'en pouvait plus d'être le jouet de ses grandes cousines, elle avait éprouvé comme une libération, une sourde envie de rire, interrompant soudain Hubert et lui demandant d'un ton jovial s'il pensait qu'on mangeait de la *nage de coquilles Saint-Jacques* au camp de réfugiés de Telikoro. L'homme en était resté sans voix, il ne devait pas tout à fait comprendre, alors elle avait eu ce petit geste insolent, parfaitement déplacé, de lui taquiner du bout du doigt la lèvre, juste sous le nez, comme pour le faire taire ou tout aussi bien le balayer d'une chiquenaude, sous le regard ahuri de sa femme : *forget about it, Hubert.*

Jivan avait touché le bras de Lucia pour qu'elle ne se laisse pas distraire par les conversations des autres, mais la vieille tante avait du mal à se souvenir, elle clignait des yeux vers le portail de la grange, s'accommodant comme elle pouvait à ces lueurs indiennes vieilles de plus de trente-cinq ans. Il y avait eu un hôtel à Cochin où elles étaient restées enfermées, maman et elle pendant deux ou trois semaines, puis on les avait orientées vers une pension d'ecclésiastiques à Ernakulam, une maison au fond d'un parc, des clarisses ou des dominicaines, elle n'était plus tout à fait certaine. Ce qui demeurait gravé pour toujours dans sa mémoire c'était le hall du petit orphelinat avec ses briques peintes, son Christ au cœur transpercé, et l'odeur nauséabonde qui imprégnait leurs vêtements. Lucia se souvenait aussi que pour aller de la pension à l'orphelinat il leur fallait traverser les rues grouillantes d'Ernakulam et que maman avait peur de tout, des vélomoteurs, des chiens, des mendiants, surtout des mendiants. Il est vrai que cela se passait quelques mois à peine après la mort de Pierrot, et qu'elle pleurait encore tous les soirs. L'image, la toute première image de lui était celle-ci : un nourrisson très maigre, couvert d'eczéma, au fond d'une baignoire en plastique dans une petite pièce jonchée de nattes. Et Gabriela, souriait-elle, qui n'osait même pas te prendre dans ses bras, ayant toujours eu des bébés très toniques... Non, aussi étrange qu'il y paraisse, elle ne savait pas pourquoi le choix s'était porté sur lui plutôt que sur un autre, certes elle connaissait l'histoire de ce nourrisson emmailloté dans un sari et déposé presque mort sur la plage de Fort-Cochin, mais sans doute y avait-il eu aussi une sombre raison administrative, et puis c'était un garçon. *C'était, tu étais*, se reprenait la vieille tante en le regardant de côté, mais tu sais tout cela, ta mère te l'a certainement raconté. Et il n'osait pas lui dire que même s'il connaissait l'histoire, il avait toujours envie de la réentendre, qu'il y découvrait à chaque fois des détails nouveaux, comme cet eczéma de la peau dont sa mère ne lui avait jamais parlé. Aussi avait-il eu envie de lui faire préciser l'image : est-ce qu'il était nu dans la baignoire en plastique, est-ce qu'on venait de lui donner le bain ? Mais Lucia avait haussé les épaules parce qu'il allait de soi que cette baignoire n'était qu'un berceau de fortune. Et ainsi s'était volatilisé l'improbable espoir d'élucider une autre énigme, mais celle-là tellement intime qu'il n'aurait jamais pu lui en parler spontanément, surtout pas dans ce contexte mondain où il fallait élever la voix pour se faire comprendre. Qu'il ne soit jamais arrivé à poser la question à maman était sans doute une anomalie, mais peut-être l'avait-il interrogée enfant pour oublier aussitôt sa réponse, sur ce terrain il lui fallait autant lutter contre les trahisons de sa mémoire que contre l'amnésie des autres, et pourtant c'était à cela qu'il rattachait bizarrement, irrationnellement, le secret de son origine : cette petite cicatrice en croix, ces deux traits croisés, légèrement colorés de bleu au-dessus du sexe, et que Noah aimait toucher des lèvres, disant c'est ta lettre sacrée, X, le souvenir de Noah se déployant soudain, mais sans véritable douleur, l'ondoyante nudité du corps de Noah qui, métissée de père blanc et de mère noire, comprenait mieux que personne le mystère des peaux et des marques sur les peaux. Et comme Lucia le regardait à présent avec un grand sourire, répétant quel beau garçon tu es devenu, il l'avait trouvée infiniment jolie, jolie comme on dit des vieilles dames, avec son haut col de dentelles, le reflet bleuté dans ses cheveux blancs et ses yeux allongés qui étaient, disait-on, un trait Pesarini. Simplement aurait-il préféré qu'elle ne ferme pas ainsi l'histoire parce qu'il n'en savait jamais assez et que la vérité se logeait toujours dans les plis de ce que l'on ne juge pas utile de dire. Et alors que les serveurs venaient déposer l'une après l'autre les assiettes de *filet de loup au beurre nantais,* à l'instant où une voix de vieux comédien traversait toute la table *(« Georges n'aurait manqué cela pour rien au monde »)*, il s'était revu à Cochin quatre ans auparavant, dans ce pays dont il ne parlait pas la langue de ses frères de peau et qu'il découvrait avec une absolue stupeur, sonnant à la porte de ce qui n'était plus le Saint John's Orphanage mais l'aile d'une école catholique fringante, reconstruite à grands frais. Et le bon père qui l'avait pris en pitié était allé lui chercher une caisse en carton avec de vieilles photos d'enfants de toutes tailles, alignés au pied d'un escalier, tous très raides et le regard grave, petites filles à bretelles blanches d'écolières auprès d'un missionnaire ventru, puis au fond de la caisse ce registre aux pages numérotées, bourré de feuillets roses en papier missel, et où surnageait l'anglais administratif en lettres presque effacées, *PLACE OF BIRTH*... Et dans les jours qui avaient suivi cette improbable révélation il avait erré comme fou du côté de River Road, Beach Road, Calvetty Road, le long du Dutch Cemetery, jusqu'à ce qu'ait lieu la rencontre avec l'Anglo-Indienne, cette femme beaucoup plus âgée qui était venue droit vers lui et qu'il avait suivie jusqu'à sa maison de Thopumpady, cette demi-folle aux longs cheveux gris, aux seins tombants et au regard mystique avec laquelle il avait fait l'amour hors les mots, hors la raison, une nuit et un jour, dans une sombre liturgie, le plaisir renaissant du plaisir, la honte accouchant de la honte, au fond d'une chambre enfumée d'encens, tapissée de bougies et où ils mangeaient nus à même le sol, s'essayant parfois l'un puis l'autre à la parole, pleurer, balbutier, haleter en paroles, puis revenant aux corps, à cette entre-dévoration dont ils ressortaient assouvis et hagards, plus forts et plus tremblants, non jamais il n'oublierait cette femme qui lui tatouait le corps de lignes blanches, par moments inventait des oraisons, des caresses rituelles, à d'autres moments riait comme une diablesse, prenait toutes les voix, rauques, mâles, grêles, enfantines, disait s'appeler Jayajaya, ou Omaïlajipur, qui signifiait, prétendait-elle, fille du tonnerre, et l'avait chassé avec des mots d'amour, d'authentiques mots d'amour, les seuls mots qu'il devait entendre : *go away, now*, pars et me quitte, éloigne-toi de mon corps, ce n'est pas ici que ton chemin se trace.

« –Là, je peux dire que j'ai vu Georges pleurer.
– Pardon ?
– Il a pris dix ans en un été.
– Un courage, oui. Un courage formidable. »

Marina se disant qu'il lui fallait quitter la table, s'arracher à la table, les conversations filandreuses, il fallait qu'elle se rende dans la maison, quelque chose l'appelait à l'intérieur de la maison. Et comme elle traversait la cour en hâte, elle avait manqué de heurter l'un des jeunes serveurs qui repliait les parasols parce que le vent avait gagné en force. Mais arrivée là, dans le brusque silence de la maison dont la porte avait claqué derrière elle, elle était restée un moment au seuil de la salle à manger à ne plus savoir au juste ce qui l'avait appelée là, personne ne l'avait appelée, même pas Hyacinthe ou la présence de Hyacinthe qu'elle avait vue descendre vers la plage, rien d'autre à l'évidence qu'une immense fatigue et l'envie d'être seule surtout, loin de tout ce vacarme. Ayant fait quelques pas dans les pièces du rez-de-chaussée dont la table et les fauteuils étaient repoussés contre les murs, elle s'était un temps attardée face au grand miroir du hall, constatant que la lumière du plafonnier faisait disparaître ses cernes mais que la fatigue des nuits se marquait dans l'insistance de son regard, le voile brillant, les yeux lents de ceux qui ne dorment pas. Elle eût pu se remaquiller mais dans son empressement elle avait laissé son sac sur sa chaise et n'avait aucune envie de retourner là-bas, effacer plutôt, si possible effacer cette barre de fatigue au milieu du front, lourde, infinie fatigue, prendre un peu de repos, s'étendre un instant dans le fauteuil gris de la salle à manger face au grand halo clair du tableau de Micha. *Ciel sombre sur la mer,* ou *Marine au couchant*. Pourquoi, mais pourquoi Grâce avait-elle repris le tableau chez elle ? Est-ce que ce sont des oiseaux ? demandait-elle à papa en indiquant sur le tableau les traits de pinceaux ocre clair, et papa répondait je dirais plutôt la lumière, les jeux de la lumière, c'est ce que je dirais. Peut-être le sommeil la gagnait-il déjà, là dans le fauteuil de cuir gris, avec le vent qui faisait gémir la porte extérieure de la véranda, parce que le temps changeait, disait-on, le temps et la lumière changeaient, il devait être passé cinq heures et la maison semblait tout à coup devenue très grande, on aurait dit qu'ils avaient enlevé tous les meubles, pourquoi avaient-ils enlevé tous les meubles ? Est-ce que le notaire Périano savait qu'ils avaient enlevé tous les meubles ? Non, Marina, non, c'est seulement un rêve, un effet de la fatigue, la chaleur, la douce chaleur de fin d'été, tu t'es endormie, tu rêves d'une maison vide et vaste, avec sur les murs les marques plus claires des miroirs et des tableaux, et lorsque tu pénètres dans la chambre des parents tu vois que tout est parti, disparu le grand lit, tiens tu ne te souvenais pas de l'escalier qui montait vers le grenier lui aussi si vaste, spacieux, comme un parquet à danser, éclairé par une verrière dans le toit, avec les branches des arbres qui remuent au dehors et l'envie de se coucher à même le plancher, sans penser surtout, sans penser à rien, loin de tout ce monde, sans penser à rien...

« – *Regarde la vague, c'est ce qu'il aimait dire.*

– *Pardon ?*

– *Force 4 ou 5. Mais il devait le savoir.*

– *Peut-être la corde qui s'emmêle à l'hélice, on peut tout imaginer.*

– *Tous les pêcheurs le disent, impossible de nager avec des cuissardes.* »

Car il était là, l'homme noir, *Milan Oposzewski*, debout derrière l'enfilade des tables et il regardait Alexia, ne faisait rien d'autre que la regarder, elle aussi ne pouvait s'empêcher de le regarder, se disant qu'à cette distance leurs regards ne signifiaient rien, ne s'imprimaient sur rien, ne laissaient aucune trace, qu'ils étaient beaucoup trop loin l'un de l'autre, dégagés du théâtre des signes, qu'ils se regardaient au fond sans se regarder, chacun comme une image pour l'autre, un rêve ou un rêve de rêve, lui le jeune garçon torse nu dans l'été de son enfance et non ce grand homme sombre qui avait laissé tomber la veste et la regardait immobile devant le mur de pierres de la grange à l'autre bout de ce banquet bruyant, même si une force identique, une même fascination, les poussait à s'éprouver l'un l'autre du regard comme s'ils revenaient en un pli très ancien de la mémoire vers l'instant de totale innocence où l'autre était alors paré de la beauté de l'autre, dans la lumière très blanche des étés à Chavy.

Hyacinthe qui l'appelait *maman*, de sa voix tactile, extérieure, comme une présence toute proche déchirant le cotonneux brouillard du sommeil, Hyacinthe qui venait de la héler, la rappeler dans le monde, hors cet état de lourdeur, d'engourdissement, qui protégeait encore les chambres du rêve. Et ayant enfin basculé hors du sommeil, accommodant peu à peu à l'espace de la salle à manger, le grand halo rectangulaire du tableau absent de Micha, elle avait mis longtemps à se défaire du rêve, se revoyant encore étendue à même le plancher sous la verrière, avec Hyacinthe qui lui arrangeait ses cheveux, lui joignait les mains, effaçait les plis de sa robe, puis venait tout contre sa joue lui parler comme jamais elle ne lui avait parlé, avec une absolue clarté d'énonciation, une incroyable délicatesse de sa voix, au point qu'elle pensait dans son rêve que c'était de la poésie pure, qu'il faudrait écrire les mots pour ne pas les perdre, ces mots qui parlaient d'eau, de la montée des eaux, des portes et des fenêtres à laisser ouvertes pour que l'eau monte sans bruit, sans dommage, on ne sent rien quand les jambes se détachent et quand la tête part, on se laisse aller tout entière, tu as toujours été trop absente, c'est vrai, nous n'avons pas pu tellement nous aimer, *maman*… Le nom l'avait réveillée là, comme si la vraie Hyacinthe venait de remonter de la plage et de l'appeler depuis la porte du couloir, mais il n'y avait personne dans le couloir, on n'entendait rien à l'étage, seulement le vantail de la véranda qui battait à cause du vent puis une brusque rumeur d'applaudissements du côté de la grange. Et en se frictionnant le visage au lavabo du hall, elle s'était dit qu'elle ne retournerait pas au dîner, qu'elle attendrait au moins la fin des discours, se sentant encore bouleversée d'avoir senti Hyacinthe dans son rêve, si proche et si vivante, au point de se demander encore si elle ne l'avait pas vraiment appelée, si elle n'était pas là à l'étage, s'il ne fallait pas monter voir… Elle monte l'escalier, elle appelle sur le palier, se dirige droit vers l'ancienne chambre de Pierrot devenue celle de Hyacinthe, frappe une fois, deux fois, sans réponse, attend un temps puis pousse doucement la porte, il y a un corps, non pas un corps, un amas de couvertures grises sur le lit poussé contre le mur, pourtant la chambre est presque en ordre, la bougie de la veille consumée sur la table de nuit, la valise ouverte sur le sol, un livre à l'envers : *MOI QUI N'AI PAS CONNU LES HOMMES*, et sur le bureau là, bien en évidence, ce carnet toilé, noir, qu'elle touche, qu'elle saisit, qu'elle ouvre au hasard, dont les pages sont noircies d'une écriture connue, trop connue, mais qu'à l'instant elle ne peut pas lire, dont elle ne comprend rien, ne comprend rien à ce texte qui court sans marge d'un bout à l'autre des pages, trop d'émotion soudain, trop de texte, trop de lumière dans la chambre.

Je me réveille comme chaque nuit à trois heures du matin et je n'ai pas envie de la compagnie de Proust ou de Montaigne. Si je descends vers la plage je sais que le sommeil du matin ne me reviendra plus, or c'est celui qui m'est le plus précieux. Alors il ne me reste plus qu'à écrire comme une issue à cette exaspération de la conscience lorsque aux heures les plus noires, les plus silencieuses, je suis chassé du sommeil. Écrire dans la chambre de la nuit, écrire contre la nuit qui à la fois referme son encerclement et ouvre à l'infini l'espace de la pérégrination. Cette écriture m'attire et m'inquiète, hormis quelques articles je n'ai jamais écrit qu'à M. et à mes filles, surtout à ma chère Alexia. Ici j'écris comme on parle seul, à Dieu peut-être, si ce mot a un sens, et non pas ce Dieu de Gabriela que je n'ai jamais vraiment compris, mais plutôt à cet inconnu de moi, qui demeure sans image, effacement même de l'image, et prend ma main quand je la tends vers l'ombre.

Hier j'ai continué à ranger les photos et les lettres, j'aurais peut-être dû m'interdire cet exercice mais en bon archéologue je n'ai pas envie de faire subir à mes enfants une exhumation désordonnée. Par maléfice, il a fallu bien sûr que je retombe sur la dernière photo de mon père. Je ne l'avais plus regardée depuis des années, il tient par l'épaule cet autre gars des Brigades dont je n'ai jamais retrouvé l'identité, et il sourit face à la mort qui va le cueillir quelques jours plus tard. On ne voit pas ses yeux barrés par les taches rondes des lunettes mais on y devine le déni, la force présomptueuse de la jeunesse. J'ai grandi avec au fond de moi ce sourire de mon père que j'ai trouvé invincible et beau, et je me souviens qu'à mes vingt-huit ans j'ai eu un peu honte de dépasser sans bruit, sans fracas, l'âge qui est resté éternellement le sien. Toute ma vie je me suis mesuré à son regard barré, insondable, dans les oliviers d'Alicante, peu à peu j'ai eu l'âge d'être son frère aîné, puis son père, puis le père de son père. Et s'il me rejoint aujourd'hui comme il peut me rejoindre, c'est afin que j'aie de la mort cette même absolue certitude que la jeunesse a de l'éternité. Parfois j'ai cru reconnaître dans les yeux d'Olivier une lueur qui ressemblait à la sienne, mais Olivier ne le saura jamais, je ne suis pas arrivé à le lui dire, nous nous sommes trop éloignés l'un de l'autre pour pouvoir nous parler.

Mon père faisait partie de l'armée des héros, en lutte contre la bête, il la voyait ployer puis redresser la tête puis ployer à nouveau, il jetait toutes ses forces dans cette bataille. Le lien qui l'unissait aux siens était celui d'un même rêve, le rêve des lendemains clairs. Nous sommes les enfants vieillis de ces héros-là, la bête est tombée mais avec elle la fièvre de la lutte, nous ne connaissons plus les nuits froides ou la poussière des combats, l'ennemi n'est plus de l'autre côté de la colline, plus rien ne nous unit que le sentiment de la foule.

Écoutant puisqu'il fallait bien écouter, au milieu des rires forcés, l'indigent discours de l'ami d'Olivier, évocation enjolivée de ce frère qu'elle avait si peu connu, si peu aimé, qui avait été si peu frère pour elle, avait quitté la maison au premier âge de son adolescence, la couvait aujourd'hui d'un regard allumé, un peu condescendant, comme une sœur qu'il devait trouver *bien roulée* mais dont les activités, pur idéalisme, lui semblaient parfaitement incongrues. Et comme elle caressait entre ses doigts les mèches blondes de son petit Ulysse affalé sur ses genoux, elle avait repensé au discours d'Henry, à son ahurissant oubli lorsque parlant du bébé de Lynn il avait évoqué *l'héritier mâle du nom*, balayant dans son lyrisme approximatif le grand fils d'Olivier qui s'appelait pourtant Gil Fougeray, comme s'il fallait le punir de n'être pas au mariage de son père, ou d'être ce qu'il était, un grand jeune homme maigre comme le reproche et que l'on disait errer dans Paris entre squats et asiles de nuit. Et soudain un sentiment avait pris forme, celui d'une tenace impression d'absence, ou plutôt d'absent, l'idée qu'il manquait quelqu'un à la cérémonie, qu'on pouvait porter le verbe haut ou prononcer toutes sortes de discours, la noce ne serait jamais qu'un semblant de noce, une redite creuse, aux seconds rôles endossant les premiers, rien ne pouvant venir combler l'absence, ni faire lien entre les convives, ni donner sens à ce rassemblement. Et sous ce sentiment, cette main du chagrin, pensait-elle, tant de larmes, tant de larmes qu'elle ne pleurerait jamais.

Chaque soir Lili vient rituellement remonter le poids de l'horloge et faire cascader les volets du salon dans un bref et terrible bruit de crécelle. Parfois nous parlons un peu, de tout et de rien, d'un renard qui rôde autour du poulailler, du fermier voisin qui s'occupe assez mal des terres de Chavy... Puis elle me souhaite la bonne nuit, repasse de l'autre côté de la cour où je l'imagine faire avaler à son mari ses médicaments et le morigéner en espagnol en lui passant les manches de son pyjama. Quand les volets sont clos, la maison est prête pour la traversée de la nuit, c'est une prison ou un paquebot en quarantaine. J'écoute un peu Bach, le seul dont la lumière à cette heure n'est ni avare ni glacée et je bois parfois trop de whisky. Ces gestes journaliers de Lili sont sans doute inutiles mais je sais qu'elle y tient, elle veut scander ainsi le temps et surtout saisir ce prétexte pour voir comment je me porte. De mon côté, j'ai appris à ne pas détester l'intrusion régulière de cette femme fruste, nous n'avons presque rien à nous dire mais nous nous comprenons en silence. Lili est la charge infatigable du temps, la mort recule en sa présence et les soulèvements du monde paraissent lointains. Bien malgré moi, je crois que je lui donne comme à une déesse les attributs un peu mythiques de la permanence, elle habitait déjà la ferme quand nous avons acheté Chavy, elle a vu naître et grandir tous mes enfants, c'est elle qui a ramené Pierrot inanimé de la plage et je la verrai toute ma vie débouchant ce jour-là du Chemin des Bêtes avec l'enfant nu qu'elle avait emmitouflé dans son tablier. C'est elle aussi qui est demeurée auprès de Gabriela jour et nuit quand je n'avais plus la force de rester dans sa chambre. Bien plus que les lieux ou les objets de la maison, c'est son corps de vieille femme ample, généreuse et fidèle, qui chaque soir me parle de ceux que j'ai aimés. Et quand parfois je la taquine un peu, mettant à l'épreuve sa vieille placidité pyrénéenne, je la vois avec bonheur rouler des yeux, feindre l'indignation, répliquer sur le même ton, ce sont nos câlineries à distance, nous sommes de vieux compagnons de voisinage.

Détestant que ses mains tremblent en se resservant de *galantine de veau, sauce forestière,* se demandant pourquoi Franz avait eu cette lueur dans les yeux pour lui confirmer ce qu'elle savait, la venue de Sergueï à la soirée, se disant qu'il avait dû s'apercevoir de quelque chose puisqu'il s'en amusait déjà, en ferait bientôt un sujet de taquinerie, tant il était sûr de *sa petite Grâce*, dont il aimait mettre la main à la fesse comme son indiscutable chose, son couvert toujours disponible, détestant à ce moment-là tout ensemble le corps de Franz, l'émotion qu'elle n'arrivait jamais à cacher, et cette galantine dont elle se resservait sans faim ni même gourmandise, pensant qu'il faudrait qu'elle apprenne à se refuser, vivre dans le refus, la fierté du refus, repousser la galantine, merci, merci, j'ai changé d'avis.

Quelques-uns de mes souvenirs sont devenus des images fixes et j'ai parfois un plaisir aigu à retrouver une sensation de l'enfance comme si je ramenais à moi un peu de ce bonheur d'alors. Mais l'enfance n'était ni triste ni gaie, elle était simplement l'enfance, on aimait le vent et l'eau, on courait dans les vergers, il y avait l'immensité du monde. Plus tard j'ai vécu l'émerveillement lorsque j'ai ramené Gabriela d'Italie. En elle j'avais trouvé un regard surtout, pétillant et sombre, qui savait me retourner en un instant. J'avais aussi trouvé un visage, si fin, ciselé, admirable, que je pensais, comme j'aime le penser aujourd'hui encore, à la dernière réincarnation d'une âme presque pure. Et je nous revois toujours au début de Chavy alors qu'elle était grosse d'Olivier ou de Pierrot, que nous n'osions habiter que deux ou trois pièces de la maison nouvellement achetée, nous sentant perdus dans cette demeure trop vaste. Je me revois couper du bois dans la grange pour alimenter le vieux poêle de la cuisine et je me souviens encore de nos expéditions à l'étage lorsque emmitouflés nous visitions les chambres. C'est une image de bonheur, je sais trop aujourd'hui, ce que mes contemporains ignorent, combien l'enchantement du monde tient à ce qui est mystérieux, arraché à la nuit de patiente lutte. Les enfants au retour de mes voyages quand ils couraient à la rencontre de la Chevrolet, Marina toute petite et si appliquée déjà face à l'immense piano noir, les yeux de mon Pierrot, si sensible et si fougueux, le regard d'Alexia qui voyait tout, comprenait tout sans qu'on le lui dise, Gabriela avec l'enfant indien qu'elle m'interdisait de prendre dans mes bras, M., le jeune corps de M., beau à m'arracher des larmes, Hyacinthe qui venait me chercher dans la chambre pour aller voir, disait-elle, la mer de la nuit, ou sa cabane aux Abanages, ce sont les fragments de mon archéologie, ces images qui viennent en pagaille me serrer le cœur, emporter en un instant ma conscience éclatée, et j'aime revenir à ces images, je les tiens tout contre moi, je m'aperçois qu'avec le temps je les garde, je n'éprouve pas le sentiment de les avoir perdues.

Conscient qu'il n'aurait pas dû se lever à leurs cris, *un discours, un discours,* parce qu'il n'était pas bon pour les discours, il n'avait pas de texte pour ce discours, sans texte il allait bredouiller misérable, pensant ils vont voir que je suis misérable, non pas l'Olivier qu'ils croient, qu'ils attendent, l'Olivier *un discours, un discours,* non pas le fils du père, rien à voir avec le père qui discourait au moindre tintement de verre, mais ici le piteux, le grand piteux misérable, l'Olivier qui ne sait rien, qui n'a rien appris à l'école, pensant je ne sais rien, je suis là debout au milieu d'eux qui me regardent dans le silence absolu, le gouffre, avisant les serveurs prêts à entrer en scène avec leur gâteau de glace tandis qu'il démêlait les fils de son micro sans la moindre idée de ce qu'il allait dire, pensant qu'est-ce que je vais dire, merci, merci pour tout, pensant, disant merci, merci, merci pour le plus beau jour de ma vie, merci d'être là tous, merci à toi, Lynn, oui, parler de Lynn, prendre appui sur Lynn, soudain si fraîche, attentive sous sa coiffe brodée, et raconter oui, raconter l'histoire de Takia, la belle histoire de Lynn et de Takia, Lynn caressant l'encolure de Takia qu'ils avaient cassée à force de la faire travailler pour les concours, et qui en était devenue vicieuse, Takia que Lynn avait apprivoisée jour après jour, au point que la jument finissait par accourir vers elle dans la prairie, exactement comme lui, Olivier, grand cheval indompté, débourré par Lynn, c'était bien, c'était venu tout seul, la comparaison était jolie, un peu bredouillée au début mais exactement ce qu'il fallait leur dire, et maintenant qu'ils riaient, qu'ils étaient contents, qu'ils commençaient à applaudir, il venait d'apercevoir dans la lumière blanche du portail une silhouette très maigre et habillée de noir, quelqu'un qui arrivait du dehors et ne prétendait pas entrer, regardait l'assemblée à distance, Gil peut-être, pensant Gil est venu à mon mariage, non ça ne va pas recommencer, il ne faut pas que ça recommence, cherchant les yeux de Lynn, prenant Lynn dans ses bras, pensant ce n'est rien, c'est passé, ils rient, ils applaudissent, ils sifflent au baiser des mariés, c'est le sourire conquis de Lynn, son parfum intime et le doux de ses lèvres.

On me dit un vieil homme mais c'est mon corps qui est vieux, résumer mon âge à mes soixante-quinze ans serait parfaitement étrange. M. avait hier au téléphone une expression curieuse en parlant de ma peau douce et j'ai eu envie de me moquer d'elle, ma peau est semée de taches brunâtres, mon ventre s'arrondit, mon dos se voûte, et depuis que Hyacinthe est partie à l'internat, je sens que mon caractère se raidit, j'évite les invitations à dîner, je me laisse aller à mes démons de misanthropie. Certes je gagne en acceptation du temps, je perds l'attachement aux choses inutiles, mais je m'éloigne aussi des foyers du désir. Même ma passion m'abandonne, cela fait deux mois que je reprends sans parvenir à m'y intéresser cet article que m'a commandé le Bulletin de la Société préhistorique. *Est-ce que l'être profond résiste à la vieillesse ? Est-ce un dépouillement nécessaire de l'être ? Est-ce de la vie encore que ce lent ressac de la vie ? Les seules réponses que je me formule avec un peu de certitude concernent la folie de mes contemporains, cette pensée qui s'est peu à peu introduite dans nos consciences et qui réduit la vieillesse à une longue défaite annoncée, la mort un néant dont il faut distraire l'approche en consommant jusqu'à plus soif. Et l'image me vient non tant de ces loques humaines entassées dans des maisons à odeur d'urine, que de ces petits vieux replets promenant leur morne oisiveté d'un restaurant à l'autre de Miami, Majorque ou Marienbad, quand ce ne sont pas les hôtels de luxe du Caire ou d'Acapulco, derrière de grandes baies vitrées, surplombant la misère. Ils sont devenus des vieux enfants qui jouent à des jeux et dansent autour des tables au moindre mirage de la lucarne d'abondance. Je ne ferai jamais partie de cet arrière-peuple, mon père se battait pour un autre monde, une balle dans le dos l'a arrêté dans sa course et depuis il tombe, j'ai sept ans quand il tombe, il n'arrête pas de tomber, souvent je rêve que la balle me transperce par l'arrière, c'est un fuseau de lumière qui projetant mon corps me fait franchir la ligne, sans bruit et sans douleur.*

Je crois que c'est l'inaccompli de nos vies qui nous rend si peu aptes à partir. J'ai laissé tant de choses en souffrance, il y a mes oublis et mes maladresses mais aussi ces mots que je n'ai pas pu reprendre, le forcené en moi qui ne veut pas en démordre. J'ai tant de fois voulu écrire à Olivier, mais je n'en ai pas l'humilité, il ne comprendrait pas de toute façon, il prendrait cela pour de la faiblesse. Aurais-je d'ailleurs distribué tous mes biens qu'il me resterait encore cette impression tenace de n'en avoir pas vraiment fini. Nous naissons et nous mourrons sur le bord du vide mais nous oublions cette proximité. Même les cistes ou les chambres funéraires que j'ai inventoriées tout au long de ma vie ne m'ont pas habitué à la compagnie de la mort. D'ailleurs je ne traquais que la vie dans ces festins d'ossements, et il m'arrivait d'éprouver de la tendresse pour telle jeune fille qu'ils avaient couchée là dans son coffre de pierre avec quelques coquillages pour toute parure. La terre lui avait tout pris sauf le dessin de son corps endormi sur le côté, et je l'imaginais dans ces landes, portée par ceux qui l'avaient aimée, j'entendais autour d'elle des pleurs et des mélopées.

Je n'ai jamais compris le Dieu de Gabriela et de celui qui est resté toujours pour moi son enfant indien. Je l'ai enviée pour la force que cela délivrait en elle, ce sens qui lui était donné d'emblée, cette ferme présence aux choses incertaines. Mais je l'ai regardée s'éloigner pour les mêmes raisons. Lorsque j'allais la rechercher à la chapelle et que je la surprenais là-haut toute tressaillante, j'avais envie de la secouer comme une possédée et quand dans ses derniers jours elle s'enfonçait avec Lili dans ces interminables séances de chapelet, je devais quitter la chambre exaspéré. Sans doute ai-je été trop traîné par ma mère vers ces atmosphères confinées dont le catholicisme a fait son ordinaire. Pourtant je le sais, Gabriela me l'a assez dit, il faut aux hommes des rites, il faut des corps pour ce qui n'a pas de corps, il faut des dieux qui nous ressemblent. Mais l'Ange a toujours eu pour moi un autre visage, j'aurais dû grandir dans un monde où le vent, le fleuve, le feu portent la parole sacrée, où le ciel nous recouvre, où le Terrible et le Doux se confondent.

Noah embrassant longuement, pieusement, sa lettre tatouée X, ses cheveux bouclés lui inondant le sexe, puis elle lui chuchotait qu'il avait la marque des corps barrés, ceux qui ne font pas de mal aux autres, ne connaissent pas le mal, ont grandi dans l'ignorance feutrée du mal, et se retournant dans le lit murmurait qu'elle ne méritait pas d'être avec lui, qu'elle était une femme dangereuse, avec des envies de détruire, tuer, déchiqueter, et quand en réponse il lui disait qu'il ne pouvait pas la croire, elle baissait obstinément les yeux, au point qu'il lui tirait les cheveux vers l'arrière comme on sort un visage de l'eau sale pour forcer son regard, en répétant je ne te crois pas, tu entends, je ne te crois pas, et s'ils faisaient alors l'amour ce n'était d'abord qu'un combat, une lutte, cette petite sœur toute en ongles qui se jette et qui mord, se refuse et se donne pourtant, s'agrippe puis peu à peu se relâche, épouse à la fin le mouvement de leurs corps doubles, et si subitement accordés qu'il éprouvait soudain la sensation physique d'être lui aussi un corps femme, de la sentir elle en son sexe à elle tandis que la tempête mâle venue d'on ne sait où faisait jaillir sa semence, et quand tout était fini, apaisé, attendri, redevenu calme, quand elle était là sur les draps à le regarder de très loin, mais de très loin, elle souriait avec un peu de regret et de honte, parce que c'était passé, disait-elle, le mal était enfin passé.

Mon cœur se serre quand je regarde la photo de mes enfants petits, leur regard ouvert et si souvent brisé. Ma tristesse est immense de revoir Pierrot remontant du fond du jardin près de la balançoire avec l'ombre qui lui mange le visage et dans ses yeux cette question que je ne peux manquer de lui prêter désormais : pourquoi m'avez-vous fait venir au monde ? Mon regard sur la photo s'est heureusement érodé, c'est devenu une tristesse presque sans douleur. Les photos d'Olivier et Marina jouant sur la plage à Biville, Grâce et son ouvrage de broderie, ou ma splendide petite Alexia faisant ses premiers pas dans le contre-jour de la cuisine, me laissent curieusement ce même déchirement comme s'ils avaient rejoint Pierrot dans ce temps de l'enfance qui ne reviendra jamais, dont le deuil est muet sous l'inéluctable poussée des jours qui transforment les corps et les visages. Et lorsque Marina puis Grâce sont venues me présenter leurs filles, l'une après l'autre, avec gravité et plénitude, comme une présentation au temple, je me reprenais à y croire. La première fois que Hyacinthe est venue dormir à Chavy dans la candeur de ses huit ou neuf ans, je guettais son sommeil dans sa chambre, je veillais sur son souffle, la nuit redevenait immense. Maintenant je tremble pour elle, son corps est un corps de femme, quelque chose a changé sur son visage, il y a parfois de la frayeur dans ses yeux, mais mon ami Augustino me rassure, il voit qu'elle vit, dit-il, il voit qu'elle est vivante.

S'éloignant, mes autres enfants commencent à ressembler à ces adultes qui ont traversé ma vie. L'envahissante sollicitude de Grâce n'est pas sans rappeler celle de ma mère, et je dis parfois Gaby au lieu de Marina, même si elles ne se ressemblent que dans la calme présence dont Marina semble avoir hérité. C'est l'encombrant privilège de la vieillesse que de mélanger les générations, comme le rêve qui ne s'embarrasse pas de l'écoulement du temps. Mes morts y viennent aussi en visite, entamant un dialogue qui ne s'interrompt jamais tout à fait et je m'entends souvent parler à Gabriela comme on se parle à soi-même, dans la maison vide. Les lieux ont conservé çà et là un peu de sa présence, il y a son armoire aux robes que je n'ai pas voulu faire vider, et le fauteuil du palier où elle aimait s'asseoir, l'encoignure du salon où elle aimait coudre. Ce sont des plis de mon esprit, des habitudes un peu magiques de ma pensée, j'en ai besoin comme de faire avec la barque le tour des brisants de Basse-Noire ou de marcher jusqu'à la petite église isolée près de Saint-Germain-des-Vaux. Je pèlerine ainsi dans mon monde, tout est habité.

Hubert encore, Hubert inévitablement alors qu'entrait en grande pompe le *Rocher nuptial,* imposant symbole de glace avec fontaine d'étincelles et petits mariés en sucre, Hubert qui s'était de nouveau retourné vers elle pour relancer en douce cette affligeante querelle du moment, trop heureux était-il de l'avoir enfin fait sortir de sa réserve grâce à quelques arguments opportuns, repiqués d'un récent magazine. Et ainsi voyait-on, se disait-elle, que la haute pensée de l'époque ne prenait plus sa source chez des chercheurs ou des intellectuels avisés mais chez des faiseurs de slogans, des communicateurs, et puisqu'on en venait à claironner dans les magazines que la psychanalyse était, mettons, une mystification, voilà que des millions d'Hubert se conformaient à ce nouvel état de la connaissance, ravis tout à coup de faire pièce à cette faiseuse d'ombre qui troublait si bien les frontières du bien et du mal. Sur ce sujet il était de toute façon inutile de se laisser aller à guerroyer avec ce malencontreux voisin de table qui au fond ne réclamait rien d'autre que des baisers, des baisers, encore des baisers, mais comme Ulysse s'était endormi sur ses genoux, lui interdisant de s'éclipser, elle avait décidé de ne plus réagir au harcèlement dialectique de son ancien flirt, se forçant à sourire, laisser dire et sourire, acquiescer sans cesser de sourire, jusqu'à ce qu'Hubert finisse par ne plus très bien savoir et qu'à cet instant de pauvre victoire elle sente dans son cou le glissement d'une main qui ne pouvait être que celle de Jivan, sa voix tout contre son oreille : quelqu'un demande Marina, tu as une idée d'où se trouve Marina ?

Lorsque je me passionnais pour les grottes du magdalénien, j'étais émerveillé de pénétrer dans des univers où toutes conventions de perspective étaient abolies, seules nos interprétations recréaient du temps et de l'espace, mais dans le premier moment de la découverte, avant que le regard technique ne prenne le dessus, je pénétrais dans un territoire où tout était confondu : le dessin et l'esquisse, le support et la représentation, la lèpre de la roche et la peau des bêtes, les hommes, les animaux et les animaux-dieux, à la lueur d'une flamme, dans une nuit qui était la mienne et la leur. Rien ne m'a plus appris et désappris que ces chambres du temps. Tout y était sacré, même et surtout l'animal mis à mort, sa mort exigeant de rendre par les rites ce qui lui était ôté. C'est peu dire que nous ne prenons plus ces précautions. Notre indifférence face à la destruction de la vie sur terre doit être la conséquence d'une insidieuse accommodation de la conscience où l'espace du sacré s'est peu à peu rétréci au visage de l'homme pour commencer maintenant à le déserter. Nous qui avons accumulé au fil des âges un immense savoir sur le monde, nous ne savons plus être dans le monde, nous avons perdu le lien. Seuls désormais, défaits de ce lien qui nous constitue, nous voici au seuil de la mort comme au-devant d'un gouffre. Et ce ne sont pas les lumières du grand spectacle médiatique, les délires de la science, ou les vérités du religieux le plus obscur qui nous guériront de cet effroi.

Aujourd'hui je mesure mieux qu'autrefois pourquoi j'ai tant donné à tous ces chantiers de France et d'Espagne. Ce n'était pas tant l'émerveillement devant l'habileté des peintres ou la beauté plastique des fresques que la découverte d'un monde où l'homme se sentait être un maillon de l'ordre cosmique, laissant en ces lieux souterrains ces rares traces d'un dialogue dont tout nous est perdu. J'en suis ressorti vacillant, mal habitué à la clarté du dehors, tel l'audacieux du mythe de la caverne sauf qu'ici c'est la caverne qui fut pour moi le lieu des éblouissements. D'avoir été là, je mesure sans doute plus que d'autres l'étendue du désastre auquel la modernité nous expose. J'ai hurlé contre ses lumières factices. Je suis devenu ombrageux, imprécateur parfois. De l'avis de mes filles, un très, très vieil homme.

Une femme qui semblait égarée dans cette fin de banquet, n'osait pas se mêler aux autres, demeurait là dans l'angle du contrefort de la grange, les mains serrées sur son sac de cuir, une femme dont le visage ne lui était peut-être pas inconnu, pensait Alexia, quelqu'un qu'elle pouvait avoir croisé à Genève ou ailleurs, en un temps plutôt reculé : la cinquantaine frêle, des cheveux roux coupés au carré, une peau très pâle, non pas vraiment belle mais avec un charme évasif, une candeur anxieuse, une allure vieillotte, démodée, presque incongrue au milieu de ce mariage avec cette veste d'automne noire, coupée à l'ancienne, et ce léger accent étranger qu'elle avait pressenti en allant à sa rencontre comme si sa voix lui était familière, traversée d'inflexions tchèques ou germaniques, *Mitteleuropa*. Mais l'échange avait été bref, inquiet, comme sous le signe d'un malentendu, la femme demandant à parler à Marina puis marquant un tel recul lorsqu'elle s'était présentée qu'elle n'avait pas osé lui demander qui elle devait annoncer à sa sœur, s'offrant toutefois à retrouver Marina dans le tumulte de la fin du repas, au milieu du désordre des dîneurs et des tables encombrées, dans cette ambiance de départ, de ciel sombre, de grain menaçant, avec les serveurs qui s'agitaient en tous sens, comme s'il fallait à présent expulser en hâte les convives, ôter les nappes en gros baluchons, commencer à repousser les tables, et comme si cette étrangère en noir, aux yeux brusquement brouillés à l'énoncé de son nom, était annonciatrice du moment où la cérémonie allait basculer du clair au sombre, cette part qu'elle portait en elle depuis le début de la journée.

Parfois je voudrais rappeler mes enfants, leur dire ce que je n'ai pas pu leur dire, à ce qu'il me semble, mais ma voix doit leur être trop connue, ils n'y prêtent plus beaucoup attention. Sans doute aussi leur ai-je transmis trop de pudeur à parler des choses graves. C'est la fierté des Fougeray. Hyacinthe m'écoute encore quand elle vient s'asseoir au pied de mon fauteuil, nous partageons de longs silences, elle aime presser ma main contre la sienne et comparer nos peaux. Je dois être pour elle une sorte de dieu hirsute et bienveillant. J'ose espérer qu'elle trouvera d'autres dieux sur sa route mais je crains toujours qu'il n'y ait personne pour s'apercevoir de sa beauté. Vivre par contre avec l'absence de M. ou de mes filles est une tâche que la vieillesse rend plus facile, nous avons eu assez les uns des autres pour poursuivre intérieurement le dialogue entamé, et peut-être sommes-nous à égalité maintenant, chacun et chacune face à l'ombre de sa propre vie, je suis un vieux père dans leurs rêves comme j'ai plaisir à les imaginer grandes filles et mères repliant les draps...

Hyacinthe était sur le seuil de sa chambre, elle attendait immobile dans l'ombre du couloir, avec une expression d'ébahissement, de stupeur, comme si la présence de sa mère dans sa chambre n'était pas dans l'ordre du possible, qu'il était inconcevable qu'elle se fût permis d'entrer et d'ouvrir le cahier toilé. Mais en vertu de quoi, se demandait Marina, en vertu de quelle mainmise, de quelle propriété, ce texte eût-il appartenu plus à Hyacinthe qu'à quiconque, en vertu de quel pacte ou quelle préférence, de quel secret à soustraire ? Pourtant la force du regard de sa fille était telle qu'elle avait dû reposer le cahier sur la table, se sentant au moment du geste plus coupable encore, puis l'apostrophant d'une voix qu'elle sentait trop dure, inquisitrice : comment tu l'as eu, ce cahier ?, et n'ayant d'autre réponse que ce même regard fixe, ahuri et furieux. Alors elle s'était levée d'un bond, éprouvant en passant devant Hyacinthe un vague sentiment de honte, puis à peine quelques secondes plus tard dans cette opalescence vert émeraude que diffusait le vitrail du palier, l'envie très forte de retourner dans la chambre, réentendre la voix du cahier, ressentir à nouveau le choc de savoir cette voix vivante (comme d'entendre soudain battre son cœur, simplement battre son cœur dans ces nuits où il ne dormait pas et c'était là peut-être qu'elle s'était trouvée prise en défaut par le regard de Hyacinthe, parce qu'elle ne lui avait pas dit écoute mon cœur, ma grande fille, viens contre mon cœur et écoute…), cependant qu'à la faveur de la porte ouverte les bruits de la fête revenaient peu à peu l'envelopper, qu'elle entendait son nom hélé dans le brouhaha, apercevant Alexia au pied de l'escalier qui montait à sa rencontre.

Marina comme elle ne l'avait jamais vue, qui s'appuyait contre le mur, au point qu'elle lui avait demandé ce qui se passait, mais il ne se passait rien, prétendait-elle, juste un peu de fatigue, non il ne s'était rien passé.

Là de nouveau il fallait que Jivan l'entende, il lui fallait interroger l'heure de l'appel, guetter le fond sonore, chercher à deviner d'où Noah l'appelait, saisir sa peur dans son premier message : *il est trois heures, je suis à Caen, ne me rejette pas,* repasser en boucle, réentendre ce *ne me rejette pas,* laisser descendre en soi cette imploration de Noah et voir le monde s'éveiller, s'ouvrir, le sang réirriguer le monde, dans ce moment d'entre-deux de la noce où le vent projetait partout une joyeuse panique, les serveurs s'affairant en hâte à démonter les tables tandis que les dîneurs désœuvrés erraient d'un groupe à l'autre dans la cour et que l'on voyait les mariés se silhouetter au loin dans la roseraie, s'enlacer puis se tenir la main à distance, en un ballet indécis, une suite saccadée de poses dérangées par le vent, le blanc très blanc de la robe de Lynn, auquel répondait le blanc grège d'un écran sphérique tenu par l'assistant du photographe, au milieu des rouges et des ambres de la roseraie, sur fond du gris sombre du ciel, toutes ces couleurs, ces splendides couleurs revenues sur le monde, à l'instant de ce *ne me rejette pas* que Noah venait de lui offrir pour lui demander pardon, oublie les mots blessants, et une dernière vie encore, s'il te plaît, Jivan, donne-moi encore une dernière vie. Mais son second message était une énigme, ces trois mots précédés d'un silence : *Miyako est morte,* comme un stratagème, avait-il d'abord pensé, une ruse pour qu'il la rappelle tout de suite afin d'en savoir davantage sur la mort de Miyako, ou comme si elle lui disait avec Miyako meurt notre première histoire, il faut en commencer une autre puisque je te le dis, je te le demande : *ne me rejette pas*. Il était surprenant au fond que l'annonce de la mort de Miyako lui fasse en soi si peu de peine, rien qu'un léger ébahissement à voir s'accoler les deux mots, *Miyako, morte*, ce qui se pressentait depuis longtemps, tant la vieille Japonaise vivait dans la proximité de la mort, en parlait souvent comme d'une perspective imminente et douce, l'envol de son âme, une nuée de papillons blancs. Et dans cette lumière pâle que conférait à son souvenir l'annonce de la mort de Miyako il avait revu les merveilleuses images de sa rencontre avec Noah, à l'époque où il venait lire à la vieille dame des nouvelles de Sôseki, Inoué, Kawabata, qu'elle écoutait en souriant, allongée sur le lit dans la grande chambre claire de sa maison de Vincennes, il avait revu ce jour où la jeune auxiliaire créole, qu'il n'apercevait jamais que furtivement derrière le vitrage translucide de la cuisine, était venue s'asseoir sans bruit de l'autre côté de la malade pour écouter une nouvelle de Yasushi Inoué tirée de *Pluie d'orage* et dont il n'avait aucun souvenir, se rappelant seulement que la jeune femme le regardait, qu'elle était belle, qu'elle avait une aura, une audace bouleversante et qu'il trouvait magnifique qu'elle vienne ainsi écouter toutes affaires cessantes un texte de littérature, même s'il devait comprendre plus tard qu'elle l'épiait depuis un certain temps, avait ajusté ses horaires au sien, et choisi ce moment, cet auteur peut-être, pour entrer sans bruit dans sa vie, avec ce matin-là de longs cheveux retenus par des pinces, de grands yeux profonds et un tablier bleu de petite fille sage, sachant qu'à dater de cette lecture il allait trembler de la revoir, trembler de faire résonner sa voix dans la chambre de Miyako, craindre de lire et de cesser de lire, guetter les mouvements dans la maison, les bruits de la cuisine, pour s'assurer qu'elle était là, à écouter peut-être, en ces moments enchantés de la peur et de l'attente, au long d'infinies séances creuses, de lectures pour rien, d'histoires inutiles, jusqu'à cette seconde apparition d'elle sur le palier, un matin où il venait de refermer le livre, ces premiers mots qu'il avait tentés envers la jeune femme dont il ne connaissait même pas le nom, l'éclatante maladresse de ces mots, puis elle qui sans attendre vient couler son corps contre le sien, poser ses lèvres sur les siennes, comme la chose la plus naturelle au monde, à deux pas de Miyako qui sourit, les paupières closes, telle une instigatrice malicieuse, leur donne congé d'un léger signe, partez donc, soyez libres, enfants de mon cœur… Mais elle était morte maintenant, disparue de leur ciel, avec sa mort s'écroulait le temple de la maison de Vincennes, ils redevenaient orphelins du monde, et Noah accourait vers lui pour annoncer la nouvelle, lui demander toi et moi est-ce que nous existons encore, qu'allons-nous faire toi et moi au-delà de la mort de Miyako ? Oublie mes mots blessants, *ne me rejette pas*. Et maintenant qu'il tenait sa voix dans ce petit objet métallique, il avait envie de ne pas lui répondre tout de suite, d'éteindre le portable et d'attendre, jouir de ce moment d'indécision, laisser son regard errer sur les couleurs de cette noce affolée, les bleus, turquoise, amarante des étoles et des robes, le vert profond des prairies, au loin les mariés qui jouaient au jeu des photographies, Olivier qui lui passait la main autour des hanches et Lynn, blanche, si blanche, retenant gracieusement sa coiffe pour que le vent ne l'emporte pas.

Froide, il le sentait bien, avec ce sourire qu'elle réservait aux photos, aux photographes et qui faisait dire aux hommes : c'est une belle femme, sur la photo c'est une beauté, mais il ne voulait pas de cette beauté, il n'avait pas de place dans le territoire de cette beauté, c'était une beauté du magazine *Lynn*, quelque chose qu'elle donnait à tout le monde comme on distribue des éclats, des poussières brillantes, un peu de rêve pour les hommes, avant de s'échapper, d'être hors de portée, absente, insaisissable, même quand il la serrait ainsi dans ses bras et qu'elle faisait mine de l'enlacer souplement, si habituée à glisser d'une pose à l'autre et prendre la lumière, sourire à l'objectif, l'attirer par la main vers l'arcade, l'entourer, le frôler, se mouler à son corps, mimer le baiser, sans autre souci que d'être belle sur la photo, docile au photographe, gaie quand on lui commandait la gaieté, tendre si on leur indiquait *plus tendres, les amoureux, plus tendres.* Et pourquoi, se demandait-il, pourquoi lui échappait-elle encore en ce jour qui devait être leur unique jour, quand la posséderait-il à nouveau comme quand elle se laissait prendre au fond du box d'Hanlier, lui passant la main sur son torse nu, et qu'il se sentait l'ouvrir comme un fruit mur, l'ouvrir et la briser, la faire jouir à rendre fou, parce qu'il la tenait, il la tenait enfin sa splendide petite cavalière. Mais elle ne se souvenait plus de ces choses, elle faisait comme si cela n'avait pas eu lieu, que c'était une histoire de saillie, de fond de box, de bêtes, qui n'aurait jamais rien à voir avec sa beauté, sa beauté dans le monde, son esprit de beauté, même à l'instant où elle venait vers lui toute câline, renversait doucement la tête, *plus tendres, les amoureux, plus tendres,* pressait ses lèvres contre les siennes, pour la photo.

Comme un oiseau de malheur, Marina avait pensé à un oiseau de malheur : cette femme toute en noir, agrippée à son sac, et qui faisait les cent pas à l'entrée de la cour, jetait des regards inquiets autour d'elle comme quelqu'un qui n'avait pas à être là, auquel elle aurait bien crié à la figure : mais pourquoi êtes-vous venue, vous m'aviez dit que vous ne viendriez pas... Pourtant elle n'avait pas pu s'empêcher de l'embrasser, sans un mot, d'une impulsion soudaine, inexplicable, comme pour apaiser ses propres démons, forcer une ligne d'intimité, revoyant en un éclair l'image de la photographie blanche, extatique, glissée dans la carte topologique de Sicx et mêlée confusément aux mots qu'elle venait de lire, *le jeune corps de M., beau à m'arracher des larmes.*

Puis très vite elle lui avait offert de quitter les lieux, descendre vers la mer par le Chemin des Bêtes, ne sachant alors que dire, se sentant encore sous le coup de la lecture du texte, de la confrontation avec Hyacinthe et déjà projetée vers cette autre rencontre, parfaitement irréelle, comme si tout allait trop vite, qu'il y avait une précipitation des choses, une folie à s'enfoncer ainsi contre le vent dans ce petit sentier maritime avec la femme qui avait été depuis toujours celle dont on parlait à mi-voix, dont il ne parlait jamais, il y avait une folie, une obscénité, à embrasser comme une sœur l'amante de son père, qui lui parlait de sa peau douce et qu'il désignait d'une simple initiale comme l'absolue intime de son corps. Mais les mots étaient venus peu à peu, à propos de tout et rien, le chauffeur de taxi qui avait confondu *Chanteny* et *Chavy*, la ville où elle habitait, Satu Mare, à l'ouest de la Roumanie, leur embarras mutuel au téléphone, et les inquiétudes à propos du temps qui commençait à se gâter, puis une parole avait pu être dite : je ne croyais pas que vous viendriez, nous sommes si rarement réunis, c'est peut-être la dernière fête. Mihaela hochait la tête sans pouvoir répondre, on sentait sa tension, sa peur et tout à la fois sa retenue, ce pour quoi il l'avait sans doute aimée, se disait Marina, non tant pour sa beauté, parce qu'au fond elle n'était pas si belle, mais pour la grâce de cet effacement, ce visage encore juvénile et ce charme suranné de l'ancienne Europe de l'Est (un tailleur noir, un collier de toutes petites perles). Au large, la mer grise commençait à moutonner mais un rayon de soleil oblique illuminait la falaise d'Aurigny, barre claire surlignant l'horizon. Elles avaient marché jusqu'au bunker et s'étaient assises là pour être à l'abri du vent face à la grande plage des Abanages au bout de laquelle se découpait la cabane de planches où le père abritait son matériel de pêche. La plage était déserte sauf assez loin sur la frange de sable un enfant qu'elle n'avait pas reconnu tout de suite comme sa petite Maya, son remuant bonheur d'enfant, accroupie là à la limite des vagues avec le chien qui pataugeait autour d'elle (et sa robe qui ne devait plus être très fraîche). Un instant la petite avait relevé la tête vers elle sans paraître la reconnaître, puis elle s'était remise à chercher Dieu sait quel trésor dans le sable, des coques peut-être, ou des couteaux. Mihaela avait sorti son étui à cigarettes, lui en avait proposé une puis s'était enfin laissée aller à parler, les yeux au bord des larmes, révélant qu'elle désirait la rencontrer depuis des années parce qu'au travers du peu de ce qu'il lui en disait, elle soupçonnait que c'était elle Marina qui pourrait le mieux la comprendre. Mais il ne voulait pas de cette rencontre, il refusait tout contact qui ne passât pas par lui, ou bien il éludait, remettait à plus tard, comme s'il y sentait une menace. À une époque elle serait passée outre à son interdiction s'il ne lui avait pas proposé une rencontre à Genève avec Alexia, mais cette rencontre n'avait été qu'une fiction de rencontre, une suite désespérante de rendez-vous remis, décommandés par Alexia sur un ton sec, terriblement sec, comme s'il y avait deux mondes et qu'Alexia, plus encore que son père, entendait que ces deux mondes ne se rencontrent jamais. Alors, quand quelques jours plus tôt elle avait reçu son appel téléphonique, elle n'avait pu s'empêcher d'y céder, sachant pourtant que c'était de la pure folie parce qu'elle serait forcément l'étrangère, marquée du sceau de l'étrangère, et si lui avait décidé toute sa vie de la tenir à l'écart de sa famille peut-être n'avait-elle pas le droit de trahir sa volonté ou, disait-elle, son dessein, même si elle n'avait jamais pu le comprendre. En écoutant ainsi Mihaela poser un à un les mots de la rencontre impossible, dans un français un peu maniéré, appris dans les livres, Marina mesurait l'incroyable inconséquence de son invitation, cette décision qu'elle avait prise en quelques secondes, instinctivement, pour susciter des possibles, chercher une issue à un malaise qu'elle ne pouvait nommer, et comme elle s'entendait à nouveau l'assurer que personne d'autre ne serait au courant de sa présence, Mihaela avait relevé les yeux vers la mer, murmurant *pourquoi, mais pourquoi ?*, le regard perdu, agrandi par les verres, comme si toute sa vie tenait dans cette question. Pourquoi l'avait-il à ce point exclue de son monde ? Pourquoi ne pouvait-elle exister pour lui que quelques semaines par an ? À moins que ce fût l'autre question, plus noire, taraudante, qu'elle avait tenté d'élucider au téléphone lors des échanges un peu secs qu'elles avaient eus après la disparition : pourquoi s'était-il laissé prendre par la mer, lui qui en connaissait tous les risques ? Et avait-il laissé des signes avant de partir ? Avait-on trouvé dans l'embarcation quelque chose qui pouvait donner à penser que ce n'était rien d'autre qu'un absurde accident ? Ce vent qu'il n'avait pas prévu ce jour-là, qu'il avait sous-estimé comme il sous-estimait toujours le danger, sa ligne qui tombe à l'eau par exemple, et lui qui n'a pas vu venir la vague, perd l'équilibre, glisse sur le plancher mouillé, disparaît en quelques secondes, ou bien son moteur qui cale, qu'il pense encore pouvoir réparer, que l'on retrouvera à Omonville six jours plus tard *réservoir décroché,* dans l'eau il a gardé ses cuissardes qui l'empêchent de nager, dont il essaie en vain de s'extraire, toutes images que Marina avait mille fois retournées dans sa tête, et pour lesquelles il n'y avait aucune autre certitude que l'océan qui s'ouvre, l'emporte, en un instant l'absorbe, ne rend même pas son corps de noyé, l'horreur morte de son corps. Alors elle avait eu le geste de couvrir la main de Mihaela, s'efforçant de surmonter en elle une soudaine lassitude, et sentir, accepter cette main comme la main d'une sœur qui était de l'autre côté, serait toujours de l'autre côté, sous l'immense mur de mer, avec le vent qui striait de fins traits cotonneux cette énorme masse gris sombre, et la petite Maya au loin, accroupie, minuscule, absorbée dans son jeu de trous dans le sable.

Car tout doit disparaître, c'était moins une voix qu'une impression de voix, un peu comme les tourterelles du docteur V., mais en plus nasillant, avec le timbre de Périano, à l'instant où Grâce appuyait sur ses lèvres le bâton conique rouge fuchsia, puis apercevait dans le reflet du miroir la porte de la pharmacie, *et tout doit disparaître,* relançait la sale petite voix du notaire à l'instant où elle pensait que c'était beaucoup mieux depuis qu'elle était passée au fuchsia, c'était mieux pour son teint toujours un peu pâle mais loin d'être aussi pâle qu'après la clinique, il faudrait aussi estomper les cernes, héritage de ces trois atroces nuits d'hôpital, à la fin maman avait des poches sous les yeux, c'était la façon Pesarini de marquer l'âge, même si Franz prétendait qu'on ne vieillissait pas dans la famille, aucune des trois, décrétait-il, ce qui n'était pas vrai, Marina avait les traits marqués à cause de Hyacinthe, et Alexia fumait comme une cheminée, de toute façon Franz ne voyait jamais que ce qu'il voulait voir, il l'avait installée dans un globe de verre, c'était parfois lassant d'être aimée sans effort, songeait-elle en faisant glisser le mascara sur ses longs cils, consciente que l'essentiel de son charme était là, dans cet ourlet méticuleux de ses grands yeux Fougeray, ces grands yeux qui vous regardent, monsieur le docteur V., parce qu'il allait être là dans une heure, et Franz pouvait toujours se moquer, même la femme la plus fidèle avait droit à son jardin secret, *car tout doit disparaître,* quatre-vingt-dix-huit pour cent de non-récidive à cinq ans, lui avait-il murmuré en esquissant au-dessus de ses cheveux un geste d'effleurement, comme pour dire vos cheveux que j'aime, on n'abîmera pas vos cheveux que j'aime, et quand la dernière fois il avait ôté le pansement pour vérifier la cicatrice il avait eu cette caresse à distance, comme un esthète admiratif, parce que ses seins étaient redevenus presque parfaits, symétriques, très bien dimensionnés, des vrais seins de jeune fille, *oui tout doit disparaître,* non que Périano l'ait vraiment dit avec ces mots-là, il aurait plutôt dit tout doit être vidé pour la vente, à la rigueur laissez les meubles pendant les visites mais ne comptez pas plus de trois mois, et bien sûr c'était à elle qu'il s'adressait parce qu'il savait qu'il n'y aurait personne d'autre, Alexia toujours au diable vauvert et Marina tellement occupée, tellement absente, ne parlons pas des garçons, une touche d'anti-cerne encore, juste un peu d'ombre à paupières, et ne pas oublier les attaches des bretelles, de belles épaules nues, quarante et un an, Sergueï, quinze ans de beauté encore, quinze ans.

Là, malgré ses mille choses à faire, Lili avait fini par aller lui chercher la clef du grenier, parce que Lili aurait tout fait pour Alexia, son éternelle petite Alexia. Et les yeux d'Ulysse n'étaient jamais assez grands quand il montait l'escalier de bois vermoulu dans les bras de Marie-Doune, en répétant *at-tic, at-tic,* lui qui n'avait jamais vu de grenier, les greniers n'existaient pas dans son monde, il n'y avait pas de grenier dans l'appartement de son père ou dans celui de Genève, plus jamais ces espaces d'ombres, remuants et craquants sous les à-coups du vent, avec leurs armoires ébahies, leurs grands sommiers dressés, et cette citerne à eau noire qui dégouttait les jours de pluie, et face au vasistas cette construction de caisses à oranges où ils faisaient nicher Jivan et elle leurs deux colombes grises, Miro et Mira. Prends, mon Ulysse, prends les légendes qui me restent encore, que je ne pourrai plus te donner. Et comme Marie-Doune s'était accroupie avec le petit au-dessus d'une des fenêtres basses, écrivant du doigt sur le carreau sale, et commentant tout bas l'ambiance d'avant le bal, les deux braseros de la cour, les lanternes qu'on allumerait bientôt, ça lui était venu d'un coup dans la demi-pénombre, un souvenir mais bien plus qu'un souvenir, quelque chose qui était là à côté de l'armoire étroite remontée de la chambre de Pierrot et qui pendait obliquement dans le trou entre l'armoire et la poutre, ce cerf-volant déglingué, rouge et jaune, qu'elle croyait brûlé à tout jamais, après qu'un jour papa le leur eut pris des mains en giflant Jivan et en hurlant qu'il interdisait que l'on touche encore au dragon de Pierrot. Et tandis que son regard s'enfonçait fasciné dans le creux noir où souriait encore le monstre chinois au visage bosselé, aux longues tresses tombantes, elle avait vu chavirer toute son enfance, se souvenant de l'émotion chez Epstein lorsqu'il avait prononcé *le chagrin de votre père,* et qu'alors elle avait senti monter en elle une espèce de déchirante pitié à l'endroit de cet homme, éprouvant le poids du mot *chagrin* sans pouvoir y mettre une image précise, ce même chagrin qu'elle venait de revoir sur son visage lorsque sortant de son bureau en furie et en larmes il leur avait arraché des mains le cerf-volant de Pierrot, comme si le fond de sa tristesse à elle, se disait-elle, le fond de son amour était enfermé dans ce chagrin-là, et comme si elle n'aurait jamais d'autre amour que cet amour pour son père, impossible à calmer, projeté sur tous les théâtres d'injustice du monde. Et Marie-Doune à cet instant s'était retournée, il y avait eu un silence puis la voix d'Ulysse, son visage collé au carreau : *hey look, mum, look, here comes the music.*

La nuit

Peut-être un rien d'ombre dans l'éclat des yeux d'Alexia, mais alors tout son corps lui disait prends-moi, prends-moi, l'entraînant vers la piste de danse où les mariés venaient d'ouvrir le bal. Quand Alexia venait ainsi le chercher c'était comme une eau douce dans laquelle il aimait se laisser glisser, le retour instantané d'une ancienne harmonie de leurs corps, le tournoiement de toutes les fêtes où ils avaient dansé. Se voir à son bras donnait aussi un peu de fierté parce que c'était beau, frère et sœur qui dansaient, et Alexia était ravissante dans sa tunique chinoise, elle avait le corps ferme et fluide de celle qui sait où l'on doit la mener, et la valse de Chostakovitch rendait tout ondoyant, scintillant, facile, et Noah l'attendait dans la nuit, Noah le cherchait dans la nuit, le retour de Noah faisait perler de la beauté sur toutes choses, mais il se retiendrait encore d'en parler à Alexia comme de rallumer son portable, parce qu'il était bon que Noah attende, c'était sa douce revanche, il était bon de naviguer loin de Noah dans les bras d'Alexia, danser entre l'ignorance de l'une et l'attente de l'autre, femmes qui se tenaient aux rives de sa vie, et entre lesquelles il se laissait aller dans le plaisir fragile…

Au gré de cette valse sirupeuse de Chostakovitch, comme au mariage de Marina, de Grâce, comme à son propre mariage, sept ans auparavant, se souvenait-elle, exactement sept, lorsqu'elle avait délaissé Nathan pour enchaîner avec son frère la fin de la première valse, parce que Jivan était son cavalier de toutes les danses, celui qui serait toujours de son côté, jamais tout à fait du côté des hommes, si raffiné, tendre, adorable, avec sa paupière légèrement tombante, eh oui, monsieur Epstein, j'ai donc aimé mon frère adoptif, il doit y avoir là un soupçon d'inceste, heureusement que nous n'avons pas fait l'amour ensemble, encore que, se demandait-elle soudain, ne l'avaient-ils pas fait *un peu* lorsqu'il venait la rejoindre dans son lit au milieu de la nuit, enfonçait sa tête dans son ventre nu, sous ses seins tout jeunes, pour calmer ses appels mystiques ? Mais pas de sexe, monsieur Epstein, pas de caresses à deux, simplement ce bâillon sur l'angoisse, et quand il faisait grincer la porte de la chambre en marchant très doucement pour que les parents n'entendent rien, elle tremblait de l'accueillir dans l'espace chaud de ses draps, délimitant vaille que vaille une zone interdite, un cercle qui englobait ses cuisses et son bas-ventre, parce que le sexe n'était pas permis mais se serrer l'un contre l'autre était permis, descendre dans la région du sexe était prohibé, mais en parler tout bas n'était pas interdit (en parler anatomiquement, avec les mots des livres d'éducation sexuelle, *pénis, vagin, clitoris*, qui donnaient de l'excitation), et danser bien sûr était permis à l'infini, danser sans fin sur une danse hongroise de Brahms, ou *Sang viennois,* qu'ils mettaient en boucle sur le vieux pick-up du salon. Au fond, quelle différence, monsieur Epstein, entre cet amour-là et l'autre où la ligne est franchie, l'hymen déchiré, le sang sur les draps, et ce grand chavirement du corps qu'elle n'avait éprouvé qu'avec Nathan ? N'était-ce pas au fond de cela que Jivan la protégeait obscurément, comme un garde du corps avec lequel elle pouvait se laisser aller à tourner sans se sentir rompre, être toujours libre et toujours intouchable, plus forte que les regards posés sur elle, tous ces visages balayés, ces ombres bleues, ce spot de coin qui l'éblouissait à chaque tour, cependant que la ronde reprenant de plus belle six couples glissaient maintenant sur la piste, de plus en plus vite, jusqu'aux deux coups du final, ensuite en soudain décrochage les premières mesures de guitare de la chanson pour Olivier.

« *Ô Lucifer, ô laisse-moi, rien qu'une fois...* » Quelle beauté, mais quelle beauté, cette chute des mots sur le visage de Lynn, quelle beauté quand il la sentait chaloupée contre lui, souriant en inclinant la tête, attendrie et grisée par ces mots qu'il aurait pu écrire pour elle, « *ô Notre-Dame, ô laisse-moi, rien qu'une fois...* », et maintenant ils dansaient dans l'œil du cyclone et tout était douceur et grâce, peu importait le vent, la tempête menaçante, puisque le bonheur se lisait enfin sur le visage de Lynn qui venait de lui chuchoter à l'oreille : fais-moi partir, Olivier..., alors donc tout rentrait dans l'ordre de la noce, du bal et des chansons, Lynn se donnait enfin à lui, au-dessus d'eux la bâche semblait bien amarrée et l'on pouvait danser sans fin dans l'œil du cyclone seul au monde avec Lynn dont le sourire était un vrai sourire de jubilation, surtout quand le vent s'engouffrait dans la grange soulevant des piaillements d'excitation. Plus tard, se disait-il, ils se souviendraient de cette fête chahutée mais unique, quand ils dansaient tous deux dans l'œil du cyclone, et que Lynn en tournant posait sa main sur son ventre, comme pour dire je pars, oh tu me fais partir, attention à notre petit vase, mon amour, attention à notre vase précieux.

Pour cette rime à deux sous :
« *Ô Lucifer, ô laisse-moi,*
Rien qu'une fois,
Glisser mes doigts
Dans les cheveux d'Esmeralda. »

Alors il avait marché vers la nuit noire, s'adossant à un arbre de la prairie pour s'abriter du vent puis réécoutant le troisième message où cette fois elle ne disait plus rien, elle était sans mot, toujours au bord de cette route dont il entendait le frôlement des voitures, mêlé à sa respiration peut-être, sa bouche qu'il imaginait collée au téléphone, ne lui donnant plus que du souffle, des mots qu'elle ne pouvait lui dire, comme cet après-midi où il l'avait surprise dans son lit et qu'elle ne réagissait plus à rien, se laissait prendre mollement la tête : tu ne peux pas savoir, Jivan, ce que mon âme est sombre, quel marais, quelle poisse, mon âme dans les ronces, la soif toujours sur mon âme… Alors il avait tenté de l'appeler, obtenant sans délai son répondeur, l'écran de sa voix fausse, mécanique, derrière lequel il commençait à avoir peur parce que ses derniers mots étaient *Miyako est morte,* et ne lui avait-elle pas dit un jour : tu ne sais pas jusqu'où je peux aller, tu ne peux pas imaginer… Le message qu'à son tour il lui avait laissé était sec, beaucoup trop sec, sa voix s'était nouée, il ne pouvait plus la reprendre et à présent qu'il était revenu dans la cour où palpitaient au travers du portail de la grange les lumières rouges et bleues de la piste de danse, il serrait dans ses mains son portable et il tremblait de la perdre.

Sentant l'humidité venir, non qu'il commençait à pleuvoir mais que ce vent fou était chargé d'embruns, et que cela faisait bien deux heures maintenant qu'elles marchaient dans ce tumulte, décrivant un grand cercle depuis les Abanages jusqu'au Sémaphore pour remonter par la lande vers le Haut-des-Bourgs d'où l'on apercevait Chavy en bas, comme un paquebot illuminé, avec les phares des derniers arrivants qui sinuaient lentement sur la petite route d'accès. Et c'est là que Mihaela l'avait implorée de ne pas redescendre encore, de poursuivre ce grand contournement de la fête dont leur arrivaient par bribes de lointains relents musicaux, et parler, avait-elle demandé, parler encore si nous le pouvons… Mais de quoi parler dans cette nature endiablée, sous ce vent qui éreintait les nerfs, faisait mine de brusquement tomber pour aussitôt reprendre, sifflait au-dessus du chemin raviné qui descendait de Quatrechiens, de quoi parler quand la parole était perdue, non que tout eût été dit mais qu'au cœur de la parole quelque chose était devenu compact, dur, impossible à partager, et quand Mihaela avait évoqué sa vie de femme mariée et l'espèce de fausse clandestinité de sa liaison avec le père, Marina s'était retenue de lui jeter à la figure : mais je ne veux rien savoir de votre double vie d'alors, vos arrangements m'indiffèrent, gardez vos secrets et vos souvenirs d'amants… Alors, dès leur arrivée à Portpieux où le vent soulevait du sable qui piquait la peau et les yeux, elle avait pris le raccourci vers Chavy, se sentant hâter le pas sur le chemin montant et se disant que de toute façon le contact leur avait échappé, elles auraient pu se rencontrer à un autre moment mais pas là, pas cette nuit-là, au milieu de cette noce folle, avec Hyacinthe qui lui encombrait la tête et l'événement du cahier dont le souvenir redevenait obsédant à mesure qu'elles se rapprochaient du lieu de la fête. Et tandis qu'à l'angle du Chemin des Bêtes se découvrait l'étrange voilure opalescente de la grange, avec ses striures mauves, secouée par le rythme, elle avait aperçu au fond du parking la silhouette d'Augustino en costume blanc, et qui guidé par Tam, son compagnon vietnamien, se frayait un chemin entre les voitures. Un instant plus tard, dans l'éblouissement des projecteurs de la cour, c'est Hyacinthe qu'elle avait reconnue sous le portail de la grange, Hyacinthe de dos emmitouflée dans son étole de satin noir. Mihaela avait eu au seuil de la cour un léger mouvement de recul mais elle avait fini par suivre.

De la jalousie pure, un petit éclat de jalousie pure, une manière de la clouer d'un sourire assassin au moment où Sergueï la présentait comme *Grâce, tu sais, Grâce dont je t'ai parlé.* Et c'est vrai qu'elle avait quelques raisons d'être jalouse, la Vera Voroïnov, parce qu'elle n'était plus très jeune avec ses yeux globuleux et ses lèvres peintes rouge sang, mais à voir toutes les prévenances qu'il déployait autour d'elle, elle devait être une tigresse. Il n'empêche qu'il se montrait ici aussi attentionné qu'à l'hôpital, voire un peu intimidé, vacillant sur ses hautes jambes, et elle sentait combien son regard d'homme troublé la rendait plus forte, plus confiante et comme détachée de tout lorsque la conversation avait glissé sur la vente de la maison. L'extraordinaire était là, dans l'aisance qui s'était emparée d'elle (alors que Franz par bonheur était occupé ailleurs) et l'espèce de certitude que l'événement de leur rencontre serait ineffaçable, que jusque-là ils se cherchaient sans se connaître, mais que maintenant ils allaient exister l'un pour l'autre même s'ils ne seraient jamais unis que par leurs corps subtils. Et alors que la musique avait brusquement changé de tempo, que suivait à présent une chanson plus lente, il avait eu un moment d'hésitation, regardant Vera puis elle, puis Vera à nouveau, comme pour solliciter une permission de danse, et c'est à cet instant-là que cela s'était passé, il y avait eu un cri derrière elle, quelqu'un au-devant d'eux qui s'était brusquement retourné, puis l'effroi, la stupéfaction dans le regard de Sergueï tandis qu'une immobilité la glaçait pendant quelques secondes, parce qu'elle ne voulait pas voir, quelque chose en elle lui disait qu'il ne fallait pas se retourner, voir, et quand elle s'était enfin retournée elle n'avait plus vu qu'Olivier dans l'espèce de bousculade, Olivier ceinturé par deux hommes et qui se débattait pour qu'on le lâche puis laissé seul un moment au milieu de la piste portait les mains à sa tête et titubait vers les chaises.

Alors qu'hurlaient les mots de la chanson :
« *Il y a quelqu'un qui se moque*
J'entends quelqu'un qui se moque
Se moque de moi
Se moque de qui »

Non pas une crise, probablement pas une crise, plutôt une impulsion violente dont il tentait à présent de se remettre en cherchant une chaise pour s'asseoir, mais Alexia n'avait pas vu la scène, elle était au buffet quand cela s'était passé, se souvenait seulement d'avoir regardé Hyacinthe quelques minutes plus tôt, étonnée qu'elle vienne se mêler aux danseurs, se laisse ainsi aller à une espèce d'ondoiement qui était une danse, une sorte de danse, lente, bizarre, solitaire, mais une danse, pas une provocation, à moins que danser ainsi fût considéré par Olivier comme une provocation, et maintenant qu'il avait lâché ses nerfs, le grand imbécile, il était là à se tenir le front, raide comme le malheur dans le gâchis de sa noce.

« *Et si tout doit sauter*
S'écrouler sous nos pieds,
Laissons-les, laissons-les,
Laissons-les s'aimer… »

Avec en même temps que l'envie de rattraper Hyacinthe pour la serrer dans ses bras, l'envie, la drôle d'envie, monsieur Epstein, de prendre sur soi la grosse tête d'Olivier et de le cacher à tous ces gens qui se repaissaient du spectacle, de cacher sa grosse tête de malade, d'impulsif, parce que cela n'appartenait qu'à la famille, c'était la vieille chose de la famille, ça ne regardait personne d'autre que la famille.

Revoir ce moment où Olivier se jette sur elle et leurs ombres qui s'emmêlent quand il la tient hurlante avant de la projeter au sol, regarder ce moment-là exactement comme dans la scène où le père et Olivier se tiennent par le col dans la cuisine, et le père qui hurle *répète-le, répète-le,* et maman qui les implore en pleurant, et lui Jivan grelottant sur l'escalier à côté d'Alexia, recevant tous les cris dans son corps, pensant c'est la guerre, ils sont dans la guerre, désormais ils seront pour toujours dans le temps de la guerre.

Tandis qu'absurdement sur la piste déserte la chanson répétait sa rime :

« *Ils s'aiment*
Comme avant
Avant les menaces
Et les grands tourments
Ils s'aiment
Comme avant
Avant les menaces
Et les grands tourments... »

Et Marina qui n'avait rien vu bien sûr, n'avait assisté à rien, n'avait même pas entendu les cris, se trouvait alors dans la maison avec Mihaela, sous l'emprise de la voix d'Augustino, mais quand Jivan était apparu dans l'embrasure elle avait tout deviné, éprouvant un furtif soulagement parce que cela n'avait pas été au-delà d'un bref accès de violence puis sentant remonter l'angoisse à propos de Hyacinthe que Jivan avait vue partir vers la mer, qu'il aurait dû suivre, bredouillait-il très pâle, cependant que le gouffre de la falaise s'ouvrait tout à coup devant elle, les soixante mètres de surplomb au-dessus des concassements de roches à Portpieux ou La Lambarde, au point que sans chercher à en savoir davantage elle était repartie dans le chemin noir.

Et maintenant il regardait Alexia, pour rien au monde il n'aurait pu soutenir le regard de Lynn assise à sa gauche, alors il fixait Alexia dont la voix au-dessus de la musique lui arrivait de très loin, et qui le grondait un peu, lui disait des choses sévères et apaisantes, comme maman quand il faisait ses bêtises, qu'il avait ses emportements… Et à cette petite sœur d'un autre monde dont il serrait maintenant le poignet, il s'était mis à parler tout bas, tout lui dire à propos de cette fille de Marina qui le cherchait depuis la veille, car elle le cherchait, elle avait cassé le miroir de sa chambre rien que pour le chercher, et c'était du même tonneau que Gil, s'entendait-il lui dire, c'était la même mauvaise graine, la puante arrogance de Gil, et de parler ainsi à cette petite sœur qu'il connaissait au fond si peu il sentait monter les larmes, parce que ça lui faisait mal de parler de Gil, même s'il le préférait loin d'ici, parce qu'avec tout ce que sa mère lui avait mis dans le crâne il n'aurait fait que l'insulter s'il était venu, là était le mal, la douleur, et sa sœur Alexia pouvait bien le savoir, se disait-il, tandis qu'elle lui faisait signe de se taire, lui tapotait la joue, lui passait la main dans les cheveux et le laissait tout seul avec Lynn qu'il n'osait toujours pas regarder.

Se campait ensuite au bord de la piste de danse déserte, attendait là, sur le fil de ce tango qui devait être *La Comparsita,* guettant un cavalier, un regard, quelqu'un qui aurait l'audace de venir jusqu'à elle pour l'inviter à danser, parce qu'il fallait que le bal recommence, il fallait que survive la fête et la loi de la fête, alors quand quelques secondes plus tard l'homme noir, Milan, avait fondu sur elle ouvrant les bras pour l'entraîner sur la piste, elle n'avait pas pu lui résister, se sentant projetée avec lui dans cet espace lumineux où tournoyer seuls au milieu des regards pouvait alors apparaître comme la plus scandaleuse des attitudes d'oubli, d'insouciance, comme danser au-dessus du corps de la jeune fille molestée, l'ancestrale violence des hommes envers les femmes, mais à ce moment-là le défi qu'elle lançait au vide, à la probable désapprobation des regards était bien plus fort que toutes ces préventions, bien plus fort aussi que l'émotion de se retrouver au bras d'un homme qui ne cessait de la troubler depuis le vin d'honneur, et qui la serrait contre lui vigoureusement, faisant corps à son défi obscène et magnifique, dans ce cercle où ils se tiendraient seuls au monde jusqu'aux ultimes notes de *La Comparsita*. Et après le coup final, il aurait ce geste tombeur, aristocratique, de porter le dos de sa main à sa lèvre en guise de remerciement, lui le fils de l'ouvrier polonais, et il lui demanderait avec toute la malice de son sourire : *vous vous souvenez de moi maintenant ?*

Tandis qu'au sortir du bois s'ouvrait devant elle toute la plage, et elle le voyait maintenant, elle voyait le corps de Hyacinthe effondré au bas de la falaise, se disant que c'était de l'affolement, de l'imagerie pure, mais ne trouvant d'autre issue à cette hantise que de foncer vers la pointe de Portpieux, cherchant à se raisonner, pensant qu'elle avait à peine écouté le récit de Jivan, n'était même pas retournée vers Olivier pour lui dire son fait, puis imaginant à nouveau Hyacinthe projetée sur le plancher de la piste et éprouvant le besoin de la voir, la toucher, la serrer, jeter toutes ses forces dans cette course au devant de la nuit, comme si l'amarre était enfin rompue de ce qui retenait les choses, de tous ces temps de crainte, d'attente, d'atermoiements, comme si elle venait d'entrer dans une zone de danger extrême, mais peut-être aussi de vérité, et ce corps qu'elle voulait sentir vivre contre soi c'était le corps de sa petite Hya de la chambre d'hôpital et qui le teint livide, les mains crispées à chaque inspiration, aspirait goulûment l'air pour l'expulser avec une infinie lenteur, ses yeux peu à peu noyés de fatigue, d'épuisement, non pas du spasme qui se relâchait mais de la force de vivre qui commençait à céder, au point qu'elle l'avait secouée en hurlant qu'elle ne la perdrait pas, qu'elle ne voulait pas la perdre, les mères ne mettent pas au monde les enfants pour les perdre, et maintenant il lui fallait la sentir, la voir, la serrer, la secouer en hurlant, là sous le surplomb de Portpieux dont elle voyait s'approcher la ligne de faille, à côté des dégoulinures de la décharge interdite et plus bas l'amoncellement des roches éboulées, noir sur noir, au commencement de la plage.

Si elle s'en souvenait ? Non, elle n'en dirait rien, elle ne répondrait ni oui ni non, son silence vaudrait réponse. La musique avait repris de plus belle, allègre tout à coup, non plus tragique mais allègre, entraînante, et maintenant qu'ils n'étaient plus seuls sur la piste elle pouvait mesurer le risque d'être au bras de cet homme, parce qu'il y avait chez lui une force et une douceur, une fermeté, une souplesse dans la danse, alors elle s'était décidée à engager la conversation pour forcer la distance et elle-même donner le ton : *Donc, vous êtes un ami d'Olivier ? – Oui. – Chevaux ? – Non. – Un ami d'enfance ? – Si l'on veut. – Pourquoi : si l'on veut ? – Ce n'est pas seulement pour Olivier que je suis venu. – Pour qui d'autre ? – Pour vous...* Oh le culot, s'était-elle dit, d'autant qu'il avait prononcé ces derniers mots sans apparente ironie, ne lui laissant d'autre choix que de jouer la surprise et de réattaquer sur le mode mondain : *Vous m'en voyez ravie, mais que savez-vous de moi ? – Au moins une chose, une seule petite chose...* Sa main pressait doucement la sienne, il penchait la tête vers elle et ralentissait le mouvement : *Laquelle ? – Que vous aimez soigner les oiseaux blessés.* Après un instant d'incompréhension le souvenir lui était revenu, presque tendre : il est adossé à la porte de la buanderie, il tient un oiseau entre ses deux mains fermées, il attend qu'elle s'approche pour entrouvrir ses mains, il lui laisse caresser l'aile de l'oiseau, ensuite elle court chercher une caisse en carton. Ne voyait pas d'autre détail non, simplement cette autre scène mais sans le moindre rapport : il est assis avec le Polonais, son père, dans le fond de la buanderie, il y a sur la table une Thermos de café et des tartines de pain brun, son père a un geste vers le pain comme pour dire prends-en si tu veux, et elle éprouve de la répulsion pour cette saleté où ils mangent, le sourire de cet homme et sa grosse tartine au bout imprégné de café au lait. Le reste était perdu dans sa mémoire mais le coup de l'oiseau blessé était un joli coup, reconnaissait-elle, même s'il ne fallait rien en laisser paraître : *De quel oiseau blessé parlez-vous ? – Une mésange, je crois. C'est dommage. – Qu'est-ce qui est dommage ? – Que vous ayez une mémoire aussi légère. – Légère ?* Il souriait pour toute réponse, jusqu'ici il avait été charmeur, audacieux, vif, elle plutôt distante, contrôlée, n'ayant rien engagé ni perdu de sa réserve, découvrant qu'il y avait une certaine volupté à être ainsi habilement menée au bord de quelque chose qu'elle soupçonnait sans trop savoir et qui ressemblait à un fantasme, oui, le fantasme de marcher vers le fond du jardin de Chavy à la rencontre de ce jeune dieu faucheur de prairies et caresser son torse luisant de sueur, la volupté de pouvoir jouer avec ce fantasme, le tenir encore à distance, selon son bon plaisir, pouvoir dire oui ou non, oui peut-être, oui un peu, oui mais pas tout de suite, oui sous réserve de non, et voguer, flotter au seuil de tous les possibles, relancer, pourquoi pas : *Tout cela tendrait donc à dire que nous aurions un souvenir commun ? – Peut-être. – Vous êtes moins sûr tout à coup. – Je ne puis parler que pour moi. – Et que dites-vous, pour vous ? – Vous me demandez ce que je pense ? – Ce dont vous vous souvenez. – Je me souviens d'une jeune fille à la fenêtre, qui était d'une très grande beauté. – Ainsi sont les jeunes filles aux fenêtres, il ne faut pas trop s'y fier. – Pourquoi ? – Parce que les hommes rêvent, il y a toujours une petite déformation optique.* La réplique était un peu dure mais elle n'avait pas pu s'en empêcher, cette seconde ouverture était beaucoup trop classique. Au fond, se demandait-elle, avait-elle vraiment envie de commencer une histoire avec cet homme ? Que lui disait sa petite voix médiumnique ? Sa petite voix lui disait qu'il avait une part sombre intrigante, quelque chose comme une blessure transmuée en charisme, sa petite voix lui serinait avec assez bien de certitude que ce qu'il était devenu n'avait rien à voir avec l'image de l'adolescent de Chavy, laquelle appartenait à sa petite mythologie personnelle, ainsi commencent les grands malentendus, il valait mieux ne pas confondre. Et que lui prédisait sa petite voix médiumnique ? Un début fulgurant sans doute, puis assez vite une sorte d'embourbement, comme avec Nathan, ces héros magnifiques qui au lit tombaient en lambeaux, dont il fallait sans cesse ressouder les morceaux d'armure brinquebalante, ou pire, l'une de ces liaisons poisseuses où le partenaire vous appelle à tout moment pour vous passer sur les épaules son épais manteau de tristesse, de toute façon elle n'était plus prête pour l'amour, ni pour soigner les grands oiseaux blessés, se raisonnait-elle, envahie pourtant par un délicieux bien-être, la musique devenue soyeuse, enveloppante, et lui qui avait accéléré leur pas la tenait fermement dans son ombre. Et comme il était bon pour un instant, mais un instant seulement, de se laisser aller sans penser à la joie de la musique, l'imprévu de la vie, elle est avec lui au fond du jardin de Chavy, il s'est placé derrière elle pour accompagner son mouvement, elle tient en main la faux et allonge de grands coups dans l'air.

S'abritant au haut de Portpieux derrière l'un des énormes rochers de granit elle avait balayé des yeux toute la plage sans rien apercevoir que ces longs rubans déchirés d'écume puis plus haut, au bout des Abanages, une lueur jaune qui n'était pas un phare mais un feu naissant, changeant, versatile, projetant des lueurs jaunes sur la falaise, sans doute un bateau incendié, avait-elle pensé inexplicablement, cette image lui paraissant la seule possible tandis qu'elle dévalait le sentier vers la plage, apercevait sur la rampe de ciment les phares d'une voiture, voyait s'approcher la maison aux volets clos puis la masse noire du bunker et à partir de là prenait enfin conscience que c'était la cabane qui flambait, la cabane des Abanages déjà réduite sous la bourrasque à son cadre incandescent, l'ossature frêle des cageots à homards et des filets embrasés, sous les volutes d'une fumée lourde, épaisse, tournoyante, dissipée brièvement lorsque dans un arrêt du vent toute la cahute se transformait en torche verticale pour illuminer la falaise dans une rafale de crépitements, et à cet instant-là elle ne pouvait plus ignorer Hyacinthe, la main de Hyacinthe, parce que c'était, on le savait, sa petite maison sauvage, la cabane de pêche de son grand-père où elle aimait se confectionner des couches pour dormir, ou des caches pour ses trésors, et s'il était un corps c'était le corps de Hyacinthe qui se dressait soudain au milieu des flammes, forme noire dans le brasier tandis que Marina voyait le feu se propager vers la lande, incendier le bois, encercler Chavy, coucher l'appentis, faire éclater les vitres, déferler d'une bâtisse à l'autre, éventrer les toits, se hisser vers le ciel comme une épée vengeresse. Jusqu'au moment où son regard avait avisé dans la nuit une petite silhouette vacillante, loin, très loin, à la lisière des vagues, de l'autre côté de l'éperon rocheux, et cette fois elle n'avait plus craint de courir à sa rencontre, fondre sur elle, l'enserrer de ses bras, ni qu'elle se débatte, ni ses coups, ni même rendre ses coups, jouer sa force contre la sienne, lancer contre sa jeune force sa force de mère qui ne veut pas perdre, ne veut pas perdre l'enfant, a déjà assez perdu l'enfant, jusqu'à ce qu'elles halètent toutes deux agrippées l'une à l'autre, clouées par les taches claires de leurs yeux, et qu'alors la force tombe, tombe toute la force, dans un gémissement d'arbre qui tombe, et Hyacinthe d'un coup était devenue toute molle, elle la dressait debout, sa grande jeune fille toute molle au milieu du combat.

Cette vieille reproduction brunie de *La Lutte avec l'ange*, posée là sur un rayonnage de la bibliothèque et dont elle avait oublié le nom du peintre, se souvenant seulement qu'il s'agissait d'une histoire d'aînesse et que papa vouait à ce tableau une espèce de dévotion, qu'il lui disait en parlant de l'ange : nous ne savons jamais qui ou quelle lutte avec qui, ou quel visage de qui, cependant que Vera Voroïnov devenue infiniment liante depuis un moment lui posait la main sur le genou en déclarant *on avait déjà fait Louxor en 82 mais ici, cela ne gâchait rien, le cuisinier était français,* et dans le fauteuil d'en face Sergueï n'avait plus le moindre regard pour elle, tout occupé était-il par Franz, le monde selon Franz, le théorème de Franz, la vie et l'œuvre de Franz, personne ne sait quel est le visage de l'ange, disait papa, ce devait être cela la phrase exacte : *ni le visage de l'ange, ni la nature de notre combat,* et brusquement elle s'était levée, sentant qu'elle venait d'interrompre Vera dans sa phrase et que c'était déplacé, incongru d'être là debout sans mot dire, avec Franz et Sergueï qui la regardaient inquiets, et pour toute excuse ces mots : je vais m'étendre un peu, j'ai besoin de m'étendre un peu, à l'instant où résonnait à nouveau la petite voix, *tout va disparaître,* avant que l'ombre ne l'enveloppe tout entière dans l'étroit vestiaire encombré de manteaux.

La sentant partir toute molle, son corps devenu si lourd qu'elle n'avait pu que la laisser glisser sur le sable, la secouer, la gifler, lui crier Hyacinthe, ne pars pas, la soulever, la traîner sur quelques mètres, chercher à la soulever encore, jusqu'à ce qu'elle entende un cri non loin d'elle et discerne dans l'ombre deux silhouettes qui venaient de la route, qu'elle reconnut instantanément comme Augustino et Tam, incroyable apparition de leurs corps soudés, progressant lentement vers elle au rythme de l'aveugle, et il avait suffi qu'un instant plus tard Augustino s'agenouille auprès de Hyacinthe et lui touche à tâtons le visage, lui murmure de sa voix grave : *on s'inquiétait pour toi, Jacintita*, pour qu'elle entrouvre aussitôt les paupières.

À peine dégagée à ce moment-là de la piste de danse, tandis que la voix alarmée de la chanteuse enfilait ses chromos de « *Voyage, voyage, dans tout le royaume, sur les dunes du Sahara, des îles Fidji au Fuji-Yama...* », elle s'était retournée pour le regarder à distance, voir qu'il la regardait aussi, observer qu'elle éprouvait à le regarder une fascination inchangée, comme s'il n'existait dans le fantasme qu'à cette distance-là où lui aussi la regardait, le détail de son visage étant alors absorbé par la pénombre bleu-mauve, et c'était moins une attirance, se disait-elle, qu'une tentative de vérifier qu'il était bien là comme autrefois, que leur rapprochement n'avait rien épuisé de cette passion à se regarder ainsi dans l'écart, comme s'il y avait deux scènes et que, quittant la scène de la danse pour endormir son petit Ulysse, elle n'en revenait toujours pas de le retrouver dans sa toute première apparition.

À présent que l'alarme était passée elle ne sentait plus son corps, voyait Hyacinthe s'éloigner en titubant, tenue à la hanche par Augustino, lui-même guidé par Tam, tous trois comme un cortège d'ombres infirmes, attachées l'une à l'autre et qui se dirigeaient vers la voiture avec une infinie lenteur tandis qu'elle entendait encore la voix enjouée d'Augustino, mi-français, mi-espagnol, chercher à l'attendrir, *ven, ven, Jacintita,* et qu'à l'autre bout de la plage elle apercevait la cahute réduite à un monticule incandescent et quelques planches embrasées que le vent achevait de consumer au pied de la falaise.

Mais surtout qu'elle le regarde, regarde-moi, Lynn, regarde-moi, surtout qu'elle cesse de se laisser danser ou ballotter ainsi sans un mot, sans un regard, et qu'elle lui dise autre chose que *ne me serre pas comme ça, tu fais mal*, en dansant ainsi l'air de rien, pour la galerie, mais bon Dieu si c'est du mépris qu'elle le lui jette à la figure, qu'ils aient une explication, qu'il puisse lui dire qu'il ne l'a pas fait exprès, que la fille de Marina le cherchait depuis la veille, alors regarde-moi, Lynn, parle-moi comme Alexia tout à l'heure quand elle lui disait t'as l'air de quoi maintenant, mais bon, tant pis, c'est fini, on écrase, on oublie, parce qu'il sentait bien que ce n'était pas fini, ça s'était tassé dans un coin mais ça couvait encore, c'était même un peu partout comme ces traînées rouges qui s'accrochaient aux lampes quand ils tournaient, ces gerbes de filaments bleus, rouges, électriques et ces halos autour des spots qui fusionnaient les uns aux autres avec au bas de la nuque ce trou, cette espèce de machin-trou comme quand on fixe une roue à rayons qui tourne et que ça rend l'œil fou mais que par vice on continue, alors Lynn, maintenant que tu es là et qu'on danse, je te le demande, regarde-moi, regarde-moi.

« La tempête aussitôt les emporta en pleurs vers la haute mer, loin de la patrie. Et moi je m'éveillai et délibérai en mon cœur sans reproche : me jetterais-je du vaisseau pour périr dans la mer, ou souffrirais-je en silence, demeurant encore parmi les vivants… » Dès le commencement de la lecture, le petit Ulysse s'était mis à téter la patte de son ours en peluche, ses paupières étaient devenues lourdes (une des cousines avait dû jouer à le maquiller car il y avait encore au pourtour de ses yeux de petits scintillements dorés) et sa main crispée autour de son doigt avait peu à peu lâché prise, le retour du rite, quelques phrases du texte ou plutôt quelques mesures de sa voix ayant suffi à le faire tomber dans son premier sommeil, et dans cet espace protégé de la chambre où la porte étant fermée on n'entendait plus que les coups de la sono, cette syncope sourde, tellurique qui semblait se propager par les planchers et les murs, elle avait continué à lire à voix haute, se disant que l'enfant devait être endormi depuis longtemps mais que c'était pour elle une manière de retrouver ses esprits, un retour au calme, à sa propre voix monocorde, qui parcourait ce texte vieillot, un peu ampoulé dans sa traduction mais semé de perles de style *(« l'aurore aux doigts de rose »)* et où les vents déchaînés venaient d'éloigner le héros de sa mère patrie. Et voyant s'endormir son petit dans le lit qui avait été le sien pendant ses premières années, elle avait pensé que quelque chose venait peut-être de se rompre en elle, de se relier et de se rompre, cela s'était passé au moment du cerf-volant de Pierrot, ou plus tard quand elle s'était retournée pour regarder Milan, comme elle le regardait petite fille, retrouvant un accès furtif à ce qu'elle croyait

oublié à jamais, cette mémoire morte ou plutôt détachée d'elle et qui la faisait s'exclamer à Epstein : mais les souvenirs, où voulez-vous que j'aille les chercher, les souvenirs ? Je n'ai pas de souvenirs avant quatre ou cinq ans… (Et le rusé psychanalyste de grommeler sa surprise : *tiens, tiens, pourquoi quatre ou cinq ans ?*, selon sa vieille méthode éprouvée, pour relancer l'énigme.)

Quand soudain le portable s'était enfin mis à vibrer et le nom de Noah à s'afficher sur l'écran, puis son silence encore, les frôlements de voitures autour d'elle et lui qui relançait dans le vide : Noah ? C'est toi ? Où es-tu ? Noah ? jusqu'à ce qu'il soit obligé d'interrompre la communication, se disant qu'une fois encore elle cherchait à le mettre à mal, retourner la situation à son avantage, mais soulagé, infiniment soulagé qu'elle appelle, heureux de la sentir dans la nuit comme une présence imminente. Et dans cette pénombre du palier qu'incendiait la lueur rosée de l'abat-jour, tout avait retrouvé la couleur douce, un peu irréelle de l'espoir revenu : les reflets acajou de la commode, le vitrail dont saillaient les nervures de plomb, et dans l'encoignure le petit tableau à encadrement doré avec ses *Quatre Brodeuses* sagement alignées dont on distinguait moins l'ouvrage que la tache ébahie des visages, figés par la mémoire dans ce fond de recoin feutré et fragile, loin des coups sourds de la sono, le grand charivari du dehors, tandis qu'en bas, dans un espace plus proche mais distinct, deux voix s'entrecroisaient à intervalles, repartaient solitaires, le débit lent, un peu engourdi d'un homme (un des cousins Pesarini, sans doute) se mêlant au timbre cristallin d'une femme qui devait être l'amie roumaine de Marina, et tous deux s'essayant à se parler dans ce faux silence, ou cherchant à se reconnaître une terre commune ou se retrouvant, qui sait, après un très long temps.

Tout calme, infiniment calme, le feu couché au ras du sol, avivé par instants de gerbes d'étincelles tandis que quelques planches se consumaient encore au pied de l'excroissance rocheuse que l'on appelait le *Dieu des Abanages* à cause de sa forme de visage vaguement humaine, enfoncée dans le mur de la falaise comme une statue dans sa niche. Et les yeux toujours attirés par les braises Marina avait pensé à un bûcher funéraire, la fin d'un bûcher, les derniers débris d'un catafalque en feu, c'était une pensée étrange, un peu magique, comme si le corps de son père avait pu se consumer là, qu'il avait cessé d'être dans toute la mer, partout et introuvable, s'était enfin donné à cette cérémonie sauvage. De l'autre côté de la plage, près de la maison aux volets clos, la vieille Mercedes était à l'arrêt sur la rampe de ciment et elle pouvait y distinguer deux silhouettes à l'arrière sous la faible lueur du plafonnier: le visage d'Augustino renversé sur la banquette et Hyacinthe qui par moments le regardait, par moments semblait s'être couchée sur ses genoux. À quelques mètres de la voiture, Tam était accroupi au pied de la dune. Le vent humide se plaquait par rafales sur la peau, grondait dans les gorges de la falaise, mais tout demeurait calme en elle, la bourrasque pouvait redoubler, tout était apaisé comme après la bataille, cette chose noire empoignée là-bas avec Hyacinthe, ce moment où elle avait jeté son corps, fait rempart de son corps, senti monter le sang, le soulèvement du sang, et il lui semblait maintenant que c'était juste, un engagement juste, peu importait que Hyacinthe se fût ensuite détournée d'elle, qu'elle se donnât à présent à Augustino puisque Augustino l'aimait. À présent Tam qui s'était levé se dirigeait lentement vers elle, dans un instant il viendrait s'asseoir à ses côtés sans mot dire comme à son habitude, elle voyait s'approcher le foyer rougeoyant de sa cigarette, devinait dans l'ombre son visage poupin et radieux.

Puis de nouveau son souffle ou l'impression de son souffle, et lui qui finit par lui parler dans le vide, avec une touche d'imploration (mais où es-tu, Noah ? qu'est-ce que tu veux de moi ? dis-moi, Noah, qu'est-ce que tu veux de moi ?) jusqu'à éteindre de rage son portable, le rallumer aussitôt, entendre ou croire entendre au cinquième appel blanc un écho légèrement diffracté de la sono de la fête comme si elle était à quelques pas de lui, une folie, un espoir, une hallucination peut-être, mais cette fois il se décide à la chercher partout, croise Alexia au haut de l'escalier, Lili et Dolly au travers des fenêtres de la cuisine, puis entre les deux vantaux de la porte de la grange, que l'on a bloqués à cause du vent, cette foule bleu-rouge qui remue à l'intérieur, ces grappes de corps dont elle ne peut pas être, ni dans la cour, où le son est trop fort, ni plus loin du côté des chevaux, des vans, du camion du traiteur, ni bien sûr au fond du jardin où comme elle n'appelle plus il pourrait crier dans le vent, le grand remuement, l'immense vide sonore, tandis qu'il se dirige vers la mer puis aussitôt se ravise, remonte vers la prairie des voitures dont il longe les quatre alignements, cherchant à se souvenir de la couleur du vieux break qu'elle partage avec sa sœur, pensant que c'est absurde, c'est sans fin, comme ces rêves vains, sisyphéens, qui vous laissent au matin harassé de fatigue, et c'est à cet instant-là qu'il remarque sur le bas-côté de la route, près du petit pont, une voiture dont les feux de position sont allumés, il y a une ombre sur le siège avant, et quand il ouvre la porte du passager sa colère instantanément tombe, elle est tassée dans son ciré blanc, elle tremble, dirait-on, de froid, n'ose pas le regarder, parle tout bas sans le regarder, quelque chose comme *si tu veux, maintenant, si tu veux de moi, si tu veux bien, si tu veux,* puis après un temps lève les yeux sur lui, dans la faible lueur de réflexion des phares il voit ce qu'elle ne peut plus retenir ou cacher et qu'elle lui donne à ce moment-là, toute sa honte, ce qu'elle cherche à lui dire sans y arriver autrement qu'en balbutiant *pardon, pardon, pardon,* puis le léger mouvement de son corps (de se pencher, s'abandonner, se rendre) le précipite vers elle, la peau de ses joues, le creux de ses yeux, son odeur, ses cheveux, ce pays tout à coup vaste, intime, l'apaisement d'y être revenu après des siècles, des milliers d'années d'errance, et de sentir la force noire, butée, qu'elle enfonce en lui, puissante et sans visage, toute sa vie qu'elle lui donne, *pardon, pardon, pardon,* toute sa vie donnée.

Mais pourquoi cette envie violente de passer son chemin, ne pas répondre au regard de l'étrangère en noir qui venait de nouveau de se dresser devant elle dans le couloir de Chavy et la nommer par son prénom, *m'autoriseriez-vous à vous parler, Alexia ?* Puis d'un coup tout s'était mis en forme : cette voix frêle, suraiguë, l'accent non pas tchèque mais roumain, l'amie roumaine de papa, aussi incroyable qu'il y paraisse, et comme elle s'entendait la clouer d'un cinglant *qui vous a invitée ?* elle l'avait vue à ce point perdre contenance qu'elle s'en était voulu de sa dureté, l'invitant finalement à la suivre jusque sous le lustre de la salle à manger, et demeurant là à la regarder s'embrouiller dans ses explications puis user de ses dernières ressources pour observer en détournant les yeux : j'ai l'impression que vous m'avez jugée, Alexia, comment pouvez-vous me juger sans me connaître ? Et c'était vrai en effet qu'elle ne l'avait jamais imaginée ainsi, avec ce regard de grande fille perdue, c'était vrai qu'à cet instant où elle la tenait à portée d'un geste ou d'un mot ravageur, elle ne voyait plus rien de commun entre cette étrangère surgie de nulle part et celle qui était devenue la vie secrète de son père, la jeune amante dont on aimait médire aux fins des repas *(« Elle a l'âge de ses filles, quelle folie… Elle est mariée de son côté, quelle extravagance… Il lui envoie de l'argent en cachette, il l'emmène à l'hôtel en voyage. Ils se fréquentaient déjà du temps de maman, ils ont dû se connaître avant sa maladie… Quelle impudeur et quelle tristesse… Une fille de rien, une intrigante, une donzelle pour vieux messieurs… »).* Car sur ce visage au teint livide, au désarroi presque enfantin, se lisait tout à coup une autre histoire, quelque chose de compliqué et de maladif qui venait d'un autre monde ou plutôt d'un autre temps, avec cette façon qu'elle avait de s'exprimer dans un français précieux, livresque, comme quand elle lui confiait à mi-voix : je devine les jugements que vous avez portés sur moi mais nul parmi vous ne peut comprendre jusqu'où je suis allée dans le sacrifice. La fin de la phrase était presque morte sur ses lèvres mais elle avait bien entendu le mot *sacrifice*, se disant que quoi qu'il lui en coûte il lui faudrait écouter cette femme, lui accorder du temps, un endroit plus tranquille, comme les fauteuils vides de la bibliothèque que venaient à l'instant de quitter les amis de Grâce.

Parce que finalement elle ne s'était pas couchée, elle était sortie marcher dans le vent, le vent lui avait redonné des forces et du fond du jardin elle les avait aperçus derrière la baie vitrée du salon : Franz qui avait eu l'idée de leur montrer la maison et la Vera toute petite à côté de son mari, la Vera bien excitée qui pirouettait sur place, admirait les volumes du corps de logis. Non et non, se promettait-elle, elle n'aurait plus un regard pour Sergueï, elle serait d'une indifférence de marbre, elle attendrait le geste envers elle, le geste ou rien. Et c'est en repassant par la cuisine de la ferme où Lili s'activait à la vaisselle qu'elle avait aperçu Olivier dans la pièce voisine, il était assis sur le grand canapé vert, le regard fixe, la lavallière pendante, et il souriait d'un drôle de sourire, non pas vraiment de contentement, de malheur plutôt, un sale sourire de malheur, et lorsqu'elle était venue s'assurer qu'il ne se sentait pas mal, il avait grommelé quelque chose d'incompréhensible, plissant la lèvre supérieure et avançant bizarrement la main droite en cherchant à faire pivoter quelque chose du bout des doigts, dans un geste tremblant, minutieux, vaguement répétitif, comme une autre fois, se souvenait-elle, presque exactement la même chose, se disant qu'il fallait lui parler doucement, ne pas cesser de lui parler, lui dire de reposer la tête, s'allonger, respirer, doucement, ce qu'un moment il avait tenté de faire avant de se redresser d'un bond prenant appui sur l'accoudoir, se diriger vers la porte, et c'est là que la crise l'avait foudroyé : un cri avalé, rauque, son grand corps tragique qui vrille au milieu des chaises, puis s'abat d'un seul tenant, sa tête sonnant contre le plancher à l'instant où Lili dans la cuisine se retourne en hurlant, puis les convulsions qui le secouent à présent bras et jambes tandis qu'elle cherche à glisser sous sa tête le coussin du fauteuil, appelant en pagaille les souvenirs de ses cours d'infirmière, phase tonique, phase clonique, phase résolutive, voir s'il s'est mordu la langue, non il ne s'est pas mordu la langue, demander à Lili d'aller chercher Franz, ne pas s'affoler surtout, dire Olivier a une crise, et de refermer la porte, refermer la porte en allant chercher Franz.

À deux mètres du foyer, même dos au vent, la chaleur était encore intense, une masse noire bouillonnait entre deux madriers obliques en dégageant une fumée nauséabonde et plus loin, au pied de la falaise, une planche enflammée jetait des lueurs rasantes sur la statue du

Dieu. Marina était repassée devant Tam qui fixait lui aussi le feu en silence puis elle avait marché vers la mer traversant les écharpes d'écume sale, pensant qu'elle avait passé toute sa vie à se protéger de vivre, comme s'il lui fallait toujours éviter le combat, faire la paix avec le monde, et que son épreuve était là, dans ce corps à corps qu'appelait Hyacinthe. À l'autre bout de la plage quelque chose avait changé du côté de la Mercedes dont une des portières arrière était ouverte. Elle s'en était approchée un peu inquiète, s'apercevant qu'il n'y avait plus qu'Augustino la tête renversée sur la banquette arrière, impassible malgré le vent qui s'engouffrait dans l'habitacle et faisait tanguer la voiture. Et une fois la portière refermée, quand elle s'était retrouvée à côté de lui dans le silence, s'entendant lui demander à voix nouée s'ils s'étaient parlé, elle n'avait obtenu pour toute réponse que sa main qui se posait sur son bras, s'y ancrait lourdement, comme s'il cherchait à l'empêcher de partir, et c'est après un long temps qu'il s'était mis à parler de Hyacinthe, comme il l'avait fait la veille, avec ce ton de voix lent, un peu hypnotique, cette sorte de précaution dans les mots, disant elle a aimé votre père, elle s'est attachée à son vieux corps, il voulait tout lui apprendre de la vie, l'au-delà de la vie, personne n'enseigne l'au-delà de la vie, parfois il l'accompagnait à mon cours et je devais lui dire laisse-nous, Georges, reviens dans une heure, ce sera mieux pour moi et la petite, mais c'était sa façon d'être avec elle, maintenant qu'il est parti elle n'est plus qu'une douleur, de toute sa force elle cherche une issue à cette douleur que ni vous ni moi ne pouvons calmer, pourquoi quelqu'un est là, pourquoi il n'est plus là, pourquoi il emplissait le ciel du monde et pourquoi maintenant il n'y a plus personne, alors elle hurle contre le ciel sans plus savoir s'il est là, s'il n'est plus là, si c'est lui qui l'a abandonnée, si c'est elle qui n'a pas pu le retenir, elle cherche à se cogner contre quelque chose de dur et parfois elle pense que tout est mensonge autour d'elle, tout est conspiration, mais tout n'est qu'un peu mensonge, c'est ce que je lui dis, parfois elle s'imagine aussi être celle qui gardera son secret, se tiendra seule à l'entrée du temple de son grand-père, mais ses forces sont beaucoup trop frêles, ce sont des forces qui s'épuisent très vite, et peut-être n'y a-t-il pas de temple, ou le monde entier est-il un temple, comme voir est un cadeau des yeux, entendre une grâce absolue, alors elle se reproche de manquer à cette mission, elle s'en veut de toute la déchéance du monde, elle est triste et elle me demande Augustino, dis-moi ce qu'ils ont fait de Pachou, je lui réponds que je ne sais pas vraiment, il y a du plein dans les choses, il y a du vide, il y a beaucoup de vide autour de la mort de Pachou, et qu'est-ce que ça change, je lui dis, qu'est-ce que ça change si Pachou s'est cru plus fort que la mer, s'il a voulu ce dernier combat, prends toute la mer, Jacintita, prends toute la mer puisqu'il te la donne, et je sens combien elle me déteste quand je lui dis cela, je sens sa colère et je lui dis j'aime ta colère, c'est une colère face au vide, je lui dis on n'enseigne plus le vide dans le monde, ce monde est devenu plein, trop plein, il y a trop de choses dans ce monde, et je sens qu'elle me déteste encore, je lui dis moi j'ai eu pour m'enseigner le vide de mes yeux, si tu savais comme j'ai eu peur, si tu savais, ma petite, comme j'ai eu peur au commencement du vide, et alors sa colère se calme, elle part doucement, elle cède, elle est une enfant comme les autres, nous sommes tous des enfants, Marina, certains sont vieux comme moi, d'autres arrivent. La main de l'aveugle était devenue légère, il ne disait plus rien, elle aurait souhaité qu'il lui parle encore mais il en avait assez, balançait imperceptiblement sa tête toujours renversée sur le dossier du siège et peut-être même qu'il chantait, comme une ironie, à chaque rafale de vent la voiture semblait se soulever tout entière et Augustino chantait. Un moment Marina lui avait même crié *mais elle me fait peur, Augustino, est-ce que vous vous rendez compte qu'elle me fait peur !*, et il avait levé la main soupirant *no se preocupe,* ne soyez pas inquiète, ainsi elle cherche et ainsi elle apprend.

Coton, calme, infiniment calme, à cause de la piqûre de Franz qui l'isole dans une bulle, le rend tout doux, tout doux, et quand il entrouvre les yeux il voit Franz qui parlemente avec l'autre docteur devant l'éblouissante clarté du lustre, et s'il se redresse un peu parce que le coussin lui rentre dans le dos il aperçoit Lynn assise sur le bout du canapé, elle a retiré sa coiffe, elle regarde les médecins avec ses yeux gonflés, elle est toute chavirée, tremblante, dans un monde dont le protège son cotonneux calme insensible, et s'il désire lui dire que c'est fini maintenant, c'est passé, qu'elle peut être tranquille pour très longtemps, les mots n'arrivent pas encore à se former sur ses lèvres, alors il ne peut s'empêcher de fermer les yeux, retourner vers le souvenir de Black Beauty, toujours le même souvenir quand il marche dans le couloir entre le mur et les boxes, avec à sa droite la longue rangée de fenêtres oscillantes, leurs croisillons rongés par la lumière, et à sa gauche les hauts de porte noirs, béants, alignés jusqu'au dernier box où il sait que se trouve Black Beauty, dont il entend le remuement des chaînes et les espèces de piaulements, les pleurs, se demandant est-ce que les juments pleurent, est-ce qu'elles pleurent comme les hommes ?, puis l'apercevant au fond du box avec ses naseaux sanguinolents, ses grands yeux affolés, son encolure lardée d'estafilades, et qui d'épouvante cherche à se relever, retombe à cause de la chaîne enroulée dans ses jambes arrière, tente de s'extraire de la paille rouge qui poisse le sang, ce qu'il découvre sans rien ressentir d'abord, sans comprendre, comme il voit les murs de parpaings barbouillés de traînées rouges, le fouet à clous qu'il tient dans sa propre main, et la peur qu'il suscite dans les yeux de Black Beauty, parce que c'est lui qui a fait la chose folle, monstrueuse, mais à cet instant-là il ne le sait pas encore, il ne peut pas le savoir, la scène est détachée de lui, il est spectateur de la scène avec sa propre jument qui pleure, son admirable Black Beauty, et au-dessus d'elle il y a le détail de la fenêtre à barreaux, ce petit rectangle de lumière par où, voit-il, tout a commencé, parce que regarder cette fenêtre à barreaux c'est sentir instantanément l'odeur urineuse, ammoniaquée et basculer dans un autre souvenir, beaucoup plus sombre, ancien, indéfini, dans lequel il peut entrer s'il le veut, sans ressentir de la peur grâce au cotonneux calme de la piqûre de Franz, c'est un souvenir du temps de l'enfance, c'est une cave avec de la paille sale, des murs au crépi crasseux, percés du même étroit rectangle de lumière où ses mains cherchent à le hisser jusqu'aux barreaux, parce que la bête dans son dos lui barre le passage, la bête s'est couchée de tout son long devant la porte, la bête va attaquer s'il crie, s'il appelle papa, papa, papa, mais c'est fini, maintenant, il faut ouvrir les yeux maintenant, il faut chercher la main de Lynn, dire c'est passé, Lynn, c'était menaçant de toute la journée, mais c'est passé, Lynn, l'orage est enfin passé.

Pourtant elle était allée jusqu'à la fenêtre mais n'avait rien vu d'inquiétant. La musique battait toujours son plein, il devait être passé minuit trente. Puis elle était revenue s'asseoir à côté de Mihaela, remplissant une nouvelle fois leurs verres, étonnée encore de la familiarité qui commençait à naître entre elles, l'envie qu'elle avait de mieux la connaître, tenter d'imaginer en l'écoutant ce versant ignoré de la vie du père, mais il ne restait plus qu'une demi-heure avant l'arrivée du taxi et il lui semblait à présent de plus en plus évident que Mihaela cherchait à lui révéler quelque chose, que si elle avait pris le risque de venir à la fête et de l'aborder elle, c'était pour lui communiquer quelque chose qu'elle n'arrivait toujours pas à formuler, le temps compté créait une tension supplémentaire et si la question était plus directe elle s'égarait dans des explications confuses ou des détails trop intimes, comme leurs moments volés dans les rues de Brasov, ou ce sentiment pénible d'avoir dû scinder son existence entre la femme mariée et la femme amoureuse, mais là n'était pas le cœur de ce qu'elle voulait lui dire et lorsque enfin elle s'était mise à évoquer leur dernière rencontre en s'interrompant de silences, c'est Alexia cette fois qui avait craint qu'elle ne parle. Pourtant ces quelques jours dans le Maramures avaient été radieux, poursuivait Mihaela, rien de ce qui s'écrit au regard de ce qui ne sera jamais plus, il était d'humeur légère, insouciante, ils avaient investi comme chaque année ce même hôtel de Sighet d'où ils aimaient partir pour de longues promenades dans la montagne, en ces jours de mars le ciel était dégagé, ils s'étaient quittés comme ils s'étaient toujours quittés. Et à ces mots Mihaela avait brusquement amorcé un mouvement vers son sac pour en extraire une petite photo qu'elle lui avait tendue en détournant les yeux pour cacher ses larmes, c'était un petit garçon qui riait dans le soleil, c'était et ce n'était pas Pierrot, Pierrot sur la photo n'avait pas cette blondeur, il n'avait jamais atteint cet âge, les larmes de Mihaela, l'immédiate ressemblance avec Pierrot pouvaient faire croire un moment à une photo mortuaire mais cet enfant-là était bien vivant, il avait de bonnes grosses joues, il s'appelait, bredouillait-elle, *Martin,* était âgé de douze ans déjà, et lui était confié soudain comme le secret absolu de cette femme qui cherchait misérablement un mouchoir pour s'éponger les yeux, n'arrivait plus à parler, répondait par la négative et comme obstinément aux seules questions qui lui étaient venues à l'esprit : est-ce que l'enfant sait qui est son vrai père ? Est-ce que votre mari sait ? Et quelques instants plus tard, alors que le taximan battait la semelle dans l'entrée, elle n'avait pu se retenir de la serrer contre elle, sentant l'émotion la submerger, puis la regardant s'éloigner aux côtés du chauffeur dans cette ambiance de fin de noce, avec une voiture tous phares allumés au milieu de la cour, des invités qui disparaissaient en couples vers la prairie, et les projecteurs qui balançant avec le vent remuaient des ombres paniques.

Quittant mais ne quittant jamais la fête, rejoignant la route qui longeait l'usine de retraitement, prenant la direction de Beaumont-Hague puis obliquant soudain vers Herqueville dont les phares avaient balayé en quelques secondes les maisons tassées, obscures, rebroussant chemin dans le village, revenant vers la départementale où la voiture avait pris de la vitesse, tanguant sous les assauts du vent, fonçant d'une tache de lumière à l'autre, puis dans la nuit absolue vers Jobourg, Auderville, achevant ainsi un large mouvement de boucle ou plutôt de demi-boucle autour de Chavy, repartant aussitôt dans l'autre sens, comme s'ils devaient encore fuir, être en mouvement, fuir sans jamais s'éloigner de la fête, et tout au long du trajet Noah n'avait pas desserré les lèvres, regardait fixement le ruban d'asphalte qui longeait la zone de l'usine, ces encaissements de bâtisses protégées par des grillages, et dont les luminaires se succédant par intervalles comme des miradors incendiaient furtivement son visage, jusqu'à ce qu'elle prenne la direction de la mer, s'enfonce dans le dédale des petites routes ravinées, bordées de haies et de murets, immobilise enfin le véhicule sur un terre-plein goudronné face à un immense promontoire de lande, et là éteignant le moteur vienne se blottir contre lui, lui donner toute sa force d'étreinte, *pardon, pardon, pardon*, puis le relâchement puis à nouveau cette force, et la faille, sentait-il, l'immense faille qui l'avait fendu tout du long pendant les derniers jours se refermait enfin sur sa petite *Noah Noah*, lovée, animale, faisant boule contre son corps, et le monde autour d'eux n'était plus qu'une immense enveloppe, ils étaient là au cœur de la gangue du monde, et plus rien désormais ne les séparerait. Enfin l'étreinte s'était desserrée, leurs regards se cherchant dans l'obscurité, qui es-tu pour me tuer d'amour toi, et l'envie de caresses était revenue, et de caresse en caresse le désir sur les peaux, la fleur de sa peau, la soie de son col, ses bijoux qui tintaient dans l'ombre, ses cheveux bouclants, son jardin parfumé, *Noah Noah*, alors ils étaient sortis dans le vent fou, les portières avaient claqué, la mer écumait partout alentour, dans le noir ils avaient cherché en titubant le sentier qui descendait dans les ronces, et là tout en bas, sous le surplomb de la falaise, dans l'ahurissant fracas des vagues, longs ressacs aspirants, échos d'échos d'incessantes déflagrations, ils avaient cherché l'abri, la couche, puis debout l'un contre l'autre les aspérités blessantes de la roche humide sur laquelle écraser leurs corps, et faire céder le corps de l'autre, mordre l'autre qui mord, pousser, cogner, battre et se laisser battre, vibrer soudain sur la corde unique d'un seul souffle, et sentir le chaud au creux des jambes, le sexe, l'arc tendu jusqu'à la tête éclatée, *Noah Noah* émergeant épaules nues de son ciré blanc, et qui écrasée contre la roche, les jambes en ciseaux autour de ses hanches, comme une déesse falaise, hurlait quand il pénétrait en elle, hurlait dans l'immense vacarme, le théâtre des hurlements, poussait face à la furie du monde son cri déchiré, solitaire, exultant et joyeux.

Il pouvait garder les yeux ouverts maintenant parce qu'ils avaient éteint le lustre du plafond, n'avaient laissé allumée que la lampe douce de l'abat-jour, et dans le renfoncement de la porte il pouvait voir Franz parler tout bas avec la mère de Lynn, on entendait de l'autre côté des heurtements de vaisselle et toujours dans la grange cette ronde entêtante, ou tango, ou salsa, de cette Capverdienne aux pieds nus (comment s'appelait-elle encore ?) qui n'en finissait pas son *Sangue de...*, amer et saoulant, qu'il aurait pu chanter de mémoire, mais il avait encore envie de fermer les yeux, revenir à la petite fenêtre à barreaux, l'espèce de soupirail long et étroit, avec ses tiges métalliques usées, mordillées par les crocs de la bête, se souvenant de tout, l'odeur de paille urineuse, dans son dos l'haleine de la bête, et ce qu'il voit derrière les barreaux du soupirail, ce sont les bottes de papa, les grosses bottes noires de papa, qui est debout dans le couloir de l'étable avec son manteau sur les épaules et qui ne veut pas l'entendre, ne l'entendra pas s'il lui crie papa, papa, papa, parce que c'est ainsi, la punition est ainsi, c'est à huit heures, pas avant, que prendra fin la punition, et il sait que même s'il hurle, même si la bête est sur son corps, papa ne viendra pas vers lui, il sortira de l'étable en fermant le portail parce que huit heures c'est huit heures, et que maintenant il a décidé la punition *exemplaire*, vu que Pierrot lui a tout rapporté, vu que c'est grave, vu que cela doit être puni *exemplairement*, non pas Pierrot mais Olivier, toujours Olivier, celui qui est la tête brûlée, le bon à rien de la famille, oh ça fait mal, comme ça fait mal de se dire qu'il faut attendre huit heures parce qu'on croit que huit heures n'arrivera jamais, on croit qu'on va rester toujours dans la cave avec sa voix bloquée, cisaillant la gorge, et au-dehors, derrière les paupières, on entend que c'est tournez manège, tournez manège, *Sangue, Sangue de…*, on dirait que la Capverdienne ne s'arrêtera jamais, alors il faut forcer coûte que coûte les paupières à s'ouvrir, fixer le centre de la roue du lustre et voir Grâce se pencher au-dessus de lui, les bras nus de Grâce qui redispose l'oreiller, Grâce chuchotant quelque chose à l'oreille de Lynn, les deux femmes à son chevet qui se touchent, changez, jouez, adieu la Capverdienne, fin de *Sangue de Beirona*.

Car évidemment Lynn n'aurait pas eu l'idée de le redresser, Lynn la fixait avec ses grands yeux d'évaporée, à qui il faut encore tout dire, lui répéter de bien lui maintenir la tête haute, et que ce n'était pas si grave après tout, la faute à l'alcool, l'émotion, maman s'asseyait ainsi à son chevet et parfois même elle chantait. Maintenant c'était au tour de Lili d'apporter ses noyaux de cerises chauds, son éternel petit sac guérisseur, bon pour toutes les maladies, les rhumes, les foulures ou les crises, c'était la bonne vieille médecine de Lili, qui disposait le sac en toile sous la nuque d'Olivier. À Chavy, se disait Grâce, tout se terminait toujours dans l'odeur fade, un peu écœurante des noyaux de cerises, et à peine avait-elle traversé l'espace très éclairé de la cuisine que fondait déjà sur elle la vieille chouette Voroïnov, suivie comme son ombre par Sergueï, tous deux en manteau déjà, la Vera, bouche en cul-de-poule et qui minaudait pour la remercier de *cette merveilleuse fête, Franz nous a enchantés avec ses histoires,* et l'autre qui attendait un pas derrière elle, au garde-à-vous de sa tigresse, souriant dans le vague puis posant sur sa joue un baiser convenu, propre, social, disparaissant à sa suite, marchant dans ses petits pas, balayé aussitôt, fini, rayé, balayé, avec ses grands airs et ses tourterelles, vieux claudicant prince charmant, rayé, balayé, disparu, comme elle était sotte parfois, mais comme elle était sotte, heureusement que personne n'avait rien remarqué. Et entrant dans la maison elle avait croisé Alexia au pied de l'escalier du hall, toutes deux en arrêt soudain l'une devant l'autre, face à elle la libre, la célèbre, la merveilleusement intelligente Alexia qui attendait là hésitante, sous la lumière jaune du lustre, comme si elle voulait lui dire quelque chose, un moment avait pensé lui dire quelque chose mais s'était finalement rétractée, parce qu'elle ne lui dirait jamais rien de toute façon, parce que depuis l'enfance elle n'avait rien à lui dire, parce qu'elle était bien trop fière pour couvrir la distance qui les séparait à jamais l'une de l'autre, depuis la chambre aux lits jumeaux, quand maman les ayant embrassées éteignait la lumière et qu'alors elles se retournaient chacune vers leur grand mur noir.

Un moment surprise par le regard de Grâce puis se décidant, tant pis, se disant en traversant la cour : tiens ils ont mis du Cohen, une rareté, une élégance pour une fin de fête, pensant que s'il l'avait attendue, s'il avait eu cette patience, il aurait mérité, tant pis, cette dernière danse qu'elle avait envie de lui accorder, voyant grandir vers elle l'entrebâillement de la porte de la grange et basculant tout à coup dans cette pénombre mauve, saturée de musique, avec sa piste totalement déserte, ses chaises en désordre, ses superpositions de baffles, quelques retardataires devant le buffet-bar, l'un d'eux se détachant aussitôt des autres, marchant à sa rencontre sur le bord de la piste, lentement, résolument, et le cœur qui décroche à ce moment-là, bat soudain la chamade, c'est stupide, romantique, du pur fantasme, se raisonne-t-elle, parce qu'il est simplement bel homme, grand et bien droit, une ombre bleue dans la lumière bleue, et qu'il marche vers elle, d'un pas décidé, puissant, et qu'il n'y a rien à faire à ce moment-là, rien que ses bras à ouvrir, *dance me to the end of love*... Oh chassez, éloignez Cohen, se dit-elle tandis qu'elle se laisse emporter, éloignez de moi cette mâle voix de velours, toute la nostalgie des fêtes, sentant que son cœur heureusement se calme, son corps retrouve aux bras de l'homme une aisance à danser, une volupté ordinaire, peut-être même l'occasion de poser sa tête, est-ce que tu ne peux pas poser la tête, Alexia, depuis tout ce temps où tu es en guerre avec le monde, est-ce que tu ne peux pas te laisser aller un peu au sortilège qui te poursuit depuis ton arrivée hier, est-ce que danser avec l'homme du jardin de Chavy n'est pas un peu revenir à Chavy, toi qui es partie si loin et ne te souviens de rien, prétends-tu, ne te souviens même pas de la scène de l'oiseau blessé, et que maman avait dit *on va donner les vêtements de Pierrot au fils d'Andreï, je ne voudrais pas que ça reste dans la famille*... Dans la famille, monsieur

Epstein, il y a un trou nommé Pierrot et papa pleure quand je suis toute petite, est-ce qu'on peut guérir de ça, avoir un papa qui pleure, qui arrache l'arbre au fond du jardin, qui marche en pleurant dans les étages ? Maintenant qu'ils tournent et tournent depuis un temps, l'homme est devenu une ombre au-dessus d'elle et qui silencieusement, dirait-on, la console, non pas vraiment ce qu'elle pensait, ce fieffé roué dragueur, mais quelqu'un qui la tient, la protège, l'emporte, sur la piste devenue vaste, si vaste, au gré de la voix envoûtante de Cohen, le nappé sublime du chœur. *C'est qu'il vous a fallu du temps pour l'endormir,* fait-il alors remarquer de sa voix toute proche et elle ne comprend pas tout de suite qu'il parle du petit Ulysse, qu'il est encore deux heures plus tôt au moment où elle l'a quitté, alors qu'elle revient de loin, elle a fait un long voyage, leurs temps ne s'accordent pas, même si leurs corps s'accordent, s'ils trouvent ensemble cette sorte d'harmonie souple à l'instant où la voix de velours chante *dance me to the children who are asking to be born,* rejointe par la voix d'une femme, dupliquée dans les graves, offrant la part femme de sa voix grave, juste avant que le violon ne libère ses arabesques d'or, et elle ne lui répond pas, s'étonne d'avoir cru pendant une fraction de seconde qu'il parlait de Pierrot, réveillé par surprise et si lent à se rendormir, c'est vrai, depuis le temps qu'il dormait, j'étais si loin de là où vous êtes, Milan Oposzewski, cela faisait des années que je n'avais plus pensé à Pierrot, maintenant je vois des images, dites-moi pourquoi je vois des images, je vois papa qui replante un arbre au fond de Chavy, à l'endroit où il a déraciné l'autre, maman est avec lui mais à distance, c'est comme une cérémonie qu'elle lui a imposée, une superstition ou une prière à laquelle les enfants ne sont pas conviés, qu'ils regardent par la fenêtre, je vois Lili qui repasse du linge dans la cuisine et quand je lui demande où on va quand on est mort elle roule des yeux indignés, c'est donc une question intéressante à poser, maman répond sans hésitation : au ciel, papa tord sa serviette et quitte la table, non ça ne va pas, monsieur Epstein, ça ne va pas, ce n'est pas imaginable d'avoir un papa qui quitte la table pour pleurer, ils ont mis des drapeaux rouges aux Abanages pour interdire les baignades, le docteur a dit *assommé par la barre*, c'était comme aujourd'hui les marées de septembre. Et maintenant elle pleure, c'est ridicule de se laisser pleurer ainsi au bras d'un homme qu'elle ne connaît pas, parfaitement ridicule, l'homme a dit *ne s'endorment pas facilement*, elle n'a pas entendu le début de sa phrase, sans doute : *les enfants ne s'endorment pas facilement*, il est toujours dans le temps d'avant, elle est loin, elle voyage, elle se souvient, elle parle à Nahum Epstein, psychanalyste, elle voudrait que la danse ne s'arrête jamais et quand la fin arrive, dans le blanc qui suit la dernière note, elle ne se recule pas d'un pas pour remercier, partir, mais demeure contre lui sans relever la tête, afin surtout qu'il ne s'aperçoive pas de ses larmes, attende comme elle la danse suivante, choisie par l'ami de Marie-Doune, le jeune instigateur à lunettes, debout au-dessus des voyants lumineux et qui pour eux seuls relance Cohen, *take this waltz*, prends cette valse, prends.

Une musique à vous fendre l'âme, songeait Marina, le timbre rauque, traînaillant de ce vieux mélancolique qui enveloppait maintenant ce qu'il restait de la fête, ce que le vent n'avait pas éparpillé, tout ce grand campement après la bataille : les dernières voitures, les deux bétaillères vides, puis le ballet des ombres de la cour, la marquise réduite à sa seule armature, un brasero crachant des étincelles, des nappes blanches roulées en boule au fond d'une camionnette et un rideau clair qui voletait à l'étage de la maison comme un drapeau de détresse. Derrière Lili qui lui expliquait dans la cuisine de la ferme que Hyacinthe était revenue puis repartie, Lynn et Olivier semblaient figés au fond de la pénombre de la salle à manger, Olivier couché, Lynn assise sur le canapé, un châle brun sur sa robe blanche, et tous deux dans une sorte de pietà immobile, balayée par le faisceau de lumière lorsqu'elle avait ouvert la porte en s'excusant, Lynn ayant levé le regard vers elle sans autre expression du visage que cet ahurissement morne de ceux qui n'attendent plus rien. Et dans la maison aux lumières partout allumées, presque toutes les portes intérieures étaient ouvertes, parfois l'une d'elles claquait à l'étage mais il n'y avait personne, Mihaela n'était plus là, Grâce devait être rentrée chez elle, lovée dans le fauteuil du palier la petite Maya dormait en boule, lourd paquet de sommeil profond qui se laissait porter en gémissant à peine jusqu'au grand lit. La chambre de Hyacinthe était fermée à clef, mais il fallait cesser de penser à Hyacinthe, se disait-elle, et garder en mémoire l'assurance tranquille d'Augustino quand il lui disait *no se preocupe*. L'horloge de la cuisine marquait deux heures cinquante, et même au cœur de la maison la vieille voix nostalgique de la sono planait encore sur toutes choses faisant croire au plein de la fête. Mais dans la grange dont on avait bloqué le vantail à cause du vent il n'y avait plus que des ombres, un serveur achevait de débarrasser les dernières tables, deux hommes discutaient près du buffet-bar, Marie-Doune était assise à côté de son ami au-dessus de la petite lumière du moniteur, tous deux fascinés, eût-on dit, par le dernier couple en piste, Alexia et Milan Oposzewski, aussi bizarre était-ce de les voir enlacés, alors qu'ils vivaient, croyait-on, à des années-lumière l'un de l'autre, et l'envie revenait toujours de les regarder là seuls au monde sous le grain rauque de Cohen, l'étrange était de regarder la fière petite sœur livrée soudain au grand loup de Milan, et s'il faisait trop sombre pour que l'on distingue leurs visages on comprenait dans l'attitude de leurs corps (lui penché sur elle avec une évidente tendresse, elle jetée contre lui dans un donné livré qu'elle ne lui avait jamais vu) qu'il se passait quelque chose et que cela était pour eux seuls et que pourtant c'était montré.

Oh éloignez de moi votre mâle voix de velours, pars, pars, détache-toi de moi, mais il est trop tard maintenant, elle sent sa jambe contre la sienne, et sa main refermée sur la sienne et quand il lui parle elle sent que sa voix la pénètre, vibrant sur l'autre voix, toujours la même, dont le garçon de la sono fait paresseusement courir le disque d'une plage à l'autre, des syncopes de *Tower of song* jusqu'à la phrase exténuée de *Suzanne*, qu'il chante depuis quarante ans, la donnant ici sans presque aucune orchestration, comme une complainte qui tombe, indéfiniment tombe, ne se danse presque plus, étire ses paroles sacrées qu'ils écoutent en se déplaçant lentement avec la même ferveur, les débuts d'amour sont étranges, longtemps on fait semblant qu'on ne se connaît pas puis la paroi se fragilise, un coup d'ongle la déchire, et ce qu'il lui dit soudain n'a plus rien d'une parole insouciante, enjôleuse, vaguement exploratoire, qu'on se dit en dansant, c'est d'une audace folle et tout simple à la fois, prononcé comme à regret, d'une voix pensive : je voulais vous rencontrer, et il ajoute comme pour lui-même : non pas vous chercher, pourquoi vous chercher, seulement venir à votre rencontre, puis il termine par ces mots qui la transpercent et la glacent : vous êtes une femme seule, vous serez toujours une femme seule, je vous aimerai toujours ainsi, Alexia, comme une femme seule. Elle pleure, ça la reprend à nouveau, elle s'en veut de pleurer, dans le chagrin de Pierrot il y a la petite Alexia toujours seule, Nathan au commencement lui répétait qu'elle était belle et elle le regardait étonnée derrière les brassées de fleurs qu'il lui offrait, ici elle est une toute petite fille seule que Milan tient dans sa main et qui voudrait lui dire ne partez pas, j'aimerais que vous ne partiez pas, j'aimerais aller en voyage avec vous, et quand la chanson s'arrête *(...for she touched your perfect body with her mind)* il y a la peur que ce soit fini, mais ça revient, mon cœur, ça revient, oh bonheur, la musique recommence, non plus Cohen mais un long instrumental, doux, cadencé, limpide, une espèce de blues malien avec de la kora, instrument des dieux d'Afrique et le mouvement réveille leurs forces, peu à peu les délie quand il la fait tourner plus vite et gracieusement sur elle-même en la tenant du bout de la main, pour un peu elle accepterait de lui montrer son visage, mouillé de larmes, et apercevrait le sien, beau, renaissant, effroyable et beau, glissant sous les projecteurs bleus de la nuit du monde.

Puis enfin le silence, à trois heures vingt-trois sur l'horloge numérique du tableau de bord, après Cohen il y avait eu là-haut un instrumental africain et puis plus rien, le vent sifflant autour de la voiture et Noah qui fixait devant eux le chemin sombre s'était mise à parler d'elle, difficilement, avec souvent les mêmes mots, mais repris d'une autre façon, pour chercher à le dire mieux, dans d'autres nuances, et s'il comprenait que c'était pour elle une épreuve de s'exposer à lui parler ainsi, il n'arrivait pas à fixer son attention sur ses paroles, pensant que ce qu'elle voulait lui dire n'était pas vraiment nouveau, qu'il s'agissait de cette vieille chose dont elle lui avait déjà parlé, cette vieille envie de détruire, avec au commencement de tout son beau-père qui se faisait appeler oncle Jem, son fameux beau-père Jem qui avait pratiqué sur elle enfant des espèces de jeux pas nets, bizarres, donnant des sensations bizarres, lui laissant durablement une impression bizarre sur le corps, et plus tard quelque chose de froid et compact, comme de la détestation, de l'envie de se faire du mal, ou de se venger sur les hommes, c'est là que Miyako était arrivée dans sa vie, c'est cela qu'elle ne lui avait pas encore dit, Miyako s'était dressée dans sa vie de l'autre côté de l'oncle Jem et c'est grâce à la vieille dame qu'elle avait pu un jour cracher toute sa rage à son beau-père sans se sentir totalement anéantie, un jour Miyako lui avait même enfoncé des aiguilles autour de son sexe comme un rite à elles deux, une petite liturgie entre femmes pour le désenvoûtement, mais elle devait surtout lui dire ceci : lorsque Miyako avait fait paraître une annonce dans les journaux pour trouver un liseur, elle en avait auditionné une dizaine les uns après les autres, écoutant leur voix surtout, non tant leur façon de lire que leur voix soulevant le texte, il devait donc savoir qu'il avait été choisi parmi dix autres non pour sa capacité à lire mais pour sa voix seule, cette sorte de manière d'être que révélait sa voix, il devait aussi savoir qu'au moment où elle et lui avaient fait l'amour la deuxième fois, c'était tout son corps qui avait flambé et que cela ne lui était jamais arrivé, c'était le vrai cadeau de Miyako qui souriait dans son lit quand elle le lui avait raconté. Enfin elle devait encore lui révéler ceci : le jour où Miyako l'avait auditionné lui, décrétant sans hésitation : c'est lui, elle avait ajouté ne l'abîme pas, il porte un poids sur ses épaules, mais son cœur est immense, si tu n'abîmes pas cet homme il te donnera ce qu'il peut te donner. C'était difficile d'avouer cela, lui disait Noah, c'était prendre le risque qu'il ne l'aime plus comme avant, mais elle n'avait pas d'autre choix que de le lui dire en lui demandant d'être plus fort qu'elle quand la reprendraient les mauvaises envies, non pas un homme trop facile, hésitait-elle, non pas quelqu'un qui plie, mais quelqu'un qui se tient droit, ne part pas quand elle le chasse, et il avait eu envie de lui répondre qu'il ne pourrait pas, qu'il n'aurait jamais la force qu'elle lui supposait, ressentant pourtant au même instant qu'il y avait une espèce de dissociation heureuse entre ce qu'elle disait vivre au-dedans d'elle et ce qu'il vivait au-dedans de lui, comme s'il s'agissait de deux réalités différentes mais qui pouvaient exister l'une à côté de l'autre, aller et venir se tendre l'une vers l'autre, et même se chercher. Et maintenant qu'elle avait fini de parler, il savait qu'elle allait partir et qu'il était inutile d'insister pour qu'elle reste dormir à Chavy, qu'elle ne voudrait pas de toute façon, elle dirait ta famille bourgeoise, je n'ai rien à faire avec ta famille bourgeoise, préférant rentrer dans la nuit sur Paris, prendre un peu de sommeil sur un parking d'autoroute. Et plus tard, longtemps, il avait gardé en lui son demi-sourire apaisé sous la lueur du plafonnier, cette illumination close de son visage, tandis qu'il suivait des yeux les phares de la voiture qui fendaient la nuit, remontaient l'autre versant de la vallée, jusqu'à basculer d'un coup derrière la colline.

Non pas un baiser sur le parking ou dans sa voiture, non pas une adresse ou un numéro de téléphone échangés à la sauvette, non pas : je vous raccompagne, ou : quand puis-je vous revoir, ou encore : si nous finissions à Cherbourg, je vous offre un dernier verre, rien de tout cela, beau séducteur, simplement sa main, même pas douce, un peu rugueuse, sa grosse paume à plat sur ses joues, puis il dit *au revoir, Alexia,* et il s'en va lentement par le Chemin des Bêtes.

Cinq heures dix au réveil de la chambre. La pluie s'était mise à tomber, une pluie de fin d'été, feutrée, enveloppante et qui semblait avoir fait cesser le harcèlement du vent. Éperdu de sommeil le petit corps de Maya pressait contre son ventre mais ce n'était ni elle ni la pluie qui l'avait réveillée, c'était sa légère anxiété de cinq heures, comme toutes les autres nuits, avec au fond du rêve confus dont elle émergeait l'image de papa lui criant quelque chose qu'elle ne comprend pas. Pourtant il lui avait parlé la veille, se disait-elle, il s'était adressé à elle dans la langue lumineuse et concise qui était celle de ses meilleures lettres, et elle revoyait sa fine écriture noire, courant sur les feuillets lignés, se disant qu'elle n'en avait lu que quelques pages et qu'il y avait là un trésor de la transmission. Alors elle s'était levée dans la nuit, elle était allée jusqu'à la chambre de Hyacinthe dont curieusement la porte était grande ouverte. La lumière de la pièce provenait du luminaire extérieur de la porte d'entrée qui diffusait une longue tache géométrique sur les rideaux turquoise, Hyacinthe dormait, semblait-il, paisiblement, retournée vers le mur. Sur la table il n'y avait plus trace du cahier toilé, elle le savait, elle l'avait deviné, comprenant soudain, croyant comprendre que si sa porte était ouverte c'était pour lui indiquer qu'il ne restait rien du cahier toilé, rien que des cendres, pressentait-elle, des cendres aux Abanages, et le souvenir, indécis déjà, d'avoir vu passer les plus belles pages que le père ait jamais écrites. Le lendemain elle demanderait à Hyacinthe ce qu'était devenu le cahier, elle lui poserait la question sans insister, sans le moindre ton de reproche, elle n'ajouterait rien à son probable silence et tout en resterait là. Alexia devait être rentrée dormir, la veilleuse du palier était restée allumée et il lui semblait reconnaître en bas sous le nappé de la pluie les voix de Marie-Doune et de son ami musicien, tous deux repoussant encore le sommeil comme on aime le faire à cet âge. L'averse tambourinait sur la grande bâche blanche et il ne restait plus qu'une fenêtre éclairée au rez-de-chaussée de la ferme, là où quelques heures plus tôt elle avait surpris les mariés, Lynn surtout, saisie dans cette sorte de stupeur à laquelle se résumait à ce moment-là toute la splendeur de sa fête. Mais *no se preocupe,* murmurait Augustino, paix sur vous, se disait-elle, demeurant là sur le palier d'étage, comme maman qui souffrait aussi d'insomnie, s'installait souvent dans le même fauteuil du palier à tourner les pages d'un livre, ou bien allait et venait dans la maison endormie, pénétrait sans bruit dans les chambres pour replacer les couvertures sur ses enfants découverts. *Paix sur vous*, comme le temps était cruel, comme était cruelle la vieillesse des corps, bientôt il allait falloir vider une à une les chambres, déménager les meubles dans des entrepôts de brocanteurs, des hangars ou des garages, des intérieurs plus petits, des maisons plus éloignées, plus étroites, des familles de seconde génération, lointaines copies de la grande famille d'origine, mais *no se preocupe,* murmurait Augustino. Quelqu'un montait d'un pas lourd l'escalier, c'était celui qu'il appelait l'enfant indien de maman, il avait dû être surpris par l'averse car il était tout dégoulinant de pluie avec son beau visage et sa paupière tombante, un instant il s'était tourné vers elle et il lui avait souri dans l'ombre, les yeux étincelants.

Comme maman oui, absolument pareille à elle dans sa robe de nuit claire, avec son regard cerné, la masse lourde de ses longs cheveux qui lui tombait sur une épaule, et si belle tout à coup dans la lueur latérale de la veilleuse, si incroyablement lumineuse avec le blanc laiteux de sa robe qui concentrait toute la clarté de la veilleuse, comme une apparition opalescente de vierge, au point qu'il avait eu envie de l'embrasser, lui dire c'est toi qui veilles, Marina, c'est à ton tour de veiller maintenant. Et plus tard, s'étant laissé tomber nu dans le lit, il revoyait Noah fonçant vers Paris sur l'autoroute déserte tandis que le sommeil engourdissait ses membres et qu'il serrait contre sa poitrine la petite chose électronique qui venait d'afficher en lettres majuscules ce poème de Lorand Gaspard : *nous fouillerons les pierres claires jusqu'à l'extrême limite de l'obscur*, puis le mot *amour* qu'elle ne lui avait jamais écrit, ni même dit, parce que c'était un mot à ne pas prononcer, comme les mots du divin, disait-elle, mais qu'elle avait pourtant composé sur son portable et qui s'affichait en toutes lettres sur le petit écran luminescent.

Réveillée le cœur battant, cherchant encore à s'extraire des figures du rêve : la Vera Voroïnov, le visage divisé par l'ombre et qui la poussait dans un coin de la salle à manger de Chavy en murmurant *Sergueï n'ose pas vous le dire mais il pense qu'il faudra tout enlever*, au point qu'elle avait dû réveiller Franz, s'était blottie contre son gros corps chaud, généreux, qui grognait que ce n'était rien, ouvrait son bras, offrait la plage de son épaule, dissipait peu à peu les images du rêve, l'ambiance lourde, oppressante de la salle à manger sur laquelle s'était détachée un instant la face vénéneuse, le faux regard de compassion de Vera Voroïnov.

Et Lynn qui dort dans sa liquette de satin blanc, elle a dénoué ses cheveux, beauté pure, elle dort sur le flanc avec sa jambe pliée pour ne pas comprimer l'enfant, c'est une bonne idée d'avoir poussé l'un contre l'autre les deux canapés de la ferme, ça fait un peu barque de noces, on part, on part, c'est une bonne idée aussi qu'a eue Lili de rassembler tous les bouquets de fleurs avec leurs petites cartes de visite pendantes autour de la lampe à abat-jour, la coiffe est posée comme une couronne sur la table, la robe blanche tendue entre deux dossiers de chaise comme si tout pouvait recommencer, mais c'est fini, c'est passé, on dira c'était la noce d'Olivier, dommage qu'il y ait eu la crise mais qu'est-ce qu'il pouvait y faire, c'est la bête qui parfois se réveille et puis s'endort pour très longtemps, il faudra demander à Grâce qu'elle lui raconte en détail ce qui s'est passé, Lili a dit que les gens n'avaient rien vu, qu'ils avaient pensé que les mariés étaient partis, Lynn a peut-être vu quelque chose mais elle n'est pas fâchée, d'ailleurs elle se laisse faire quand il vient se serrer contre elle dans la fente entre les deux canapés, elle ne refuse pas son corps, sa chaleur et l'emmêlement des jambes.

Car cet homme n'était venu que pour elle, longtemps elle l'avait regardé de loin puis en sa présence quelque chose l'avait saisie comme un grand tremblement, peut-être ce qu'Epstein appelait *le souffle du maître,* mais peut-être n'était-ce que la lumière sur laquelle il s'était détaché, la lumière blessante du souvenir d'enfance et cette espèce de fragilité qu'avait laissée en elle la conversation avec Mihaela. Jusque-là elle avait cru que Pierrot était une page refermée de son histoire, une stèle au cimetière, une photographie trônant pour toujours sur la cheminée du salon, le vague souvenir d'un frère qui grimpait aux arbres, la terreur sacrée que maman éprouvait depuis pour la mer, et quelques autres images épuisées par la redite, rangées et extraites à loisir du tiroir *Mort de Pierrot,* comme le souvenir où Lili les habille Grâce et elle, chacune du même manteau noir, ainsi que des petites jumelles (Lili toujours haletante, l'ombre toujours haletante de Lili refermant au-dessus d'elle les innombrables boutons du manteau), mais pas la moindre trace de l'enterrement ou des jours qui précèdent, oublié tout au long de ces jours le déchirement de la petite fille qui voit tomber le géant de son monde, regarde le corps de son géant effondré sur le dallage de la chapelle et s'entend supplier on rentre, papa, on rentre... Je vous aimerai ainsi toujours seule, avait dit Milan, mais sans doute valait-il mieux ne pas croire à ses pouvoirs magiques, et rendre sa part au hasard, le temps distinguerait plus tard ce qui appartenait en propre à cet homme et ce qui tenait à la circonstance de son apparition. À présent que le jour commençait à poindre, Ulysse venait de rouler au-dessus d'elle et de bondir hors du lit, sa petite silhouette se campant immobile dans la pâleur de l'encadrement de fenêtre, sa voix rouillée de sommeil entaillant le silence : *day's coming, mum, day's coming.*

Le lendemain

« *Article 116. Toutefois, le juge des tutelles peut autoriser le partage, même partiel, et désigner un notaire pour y procéder, en présence du représentant du présumé absent, ou de son remplaçant. L'état liquidatif est soumis à l'homologation du tribunal de grande instance.* » Le notaire Périano avait lu le texte d'une voix un peu solennelle, puis il avait levé sur Olivier un regard navré, expliquant qu'il fallait hélas laisser le temps aux procédures, et qu'à ce stade où l'administrateur n'avait pas encore été désigné il était rigoureusement impossible d'imaginer conclure le partage avant plusieurs mois, et encore. Olivier le fixait sans paraître comprendre, Alexia achevait d'écrire quelque chose dans son agenda, un instant la porte s'était entrebâillée sur le visage d'une des jumelles mais Grâce l'avait renvoyée d'un geste agacé. Quoi qu'il en soit, avait fait remarquer le notaire en cherchant cette fois le regard de Marina, vous aurez tout l'automne pour faire l'inventaire du mobilier, et Marina avait vaguement hoché la tête puis s'était tournée vers la fenêtre comme si tout cela était évident ou au fond sans importance. Grâce avait alors posé une question sur la manière de conduire l'inventaire et comme le petit notaire se lançait dans une longue explication où il était question d'expertise chiffrée, d'une somme globale qu'il faudrait diviser par cinq, les gros acquéreurs reversant aux moindres ce qu'il appelait une soulte, on aurait dit que personne n'écoutait vraiment, Grâce peut-être, oui Grâce devait écouter, mais Olivier soupirait déjà d'impatience, Alexia griffonnait toujours et Marina semblait suivre des yeux par la fenêtre le manège des plus petits qui jouaient avec le chien sur la pelouse du jardin. De toute façon il n'y avait pas pire moment pour un conseil de famille, se disait Jivan, les visages étaient blancs, les regards creusés et il flottait depuis le début de la réunion une espèce d'hébétude, comme si tout cela n'était que le dernier acte obligatoire du théâtre de la noce et qu'il était frappé de toute façon de cette dite absence ou présomption d'absence dont parlait le texte juridique, étrange, lancinante expression. Et dans cette salle à manger à la lumière basse, à la lourde table de chêne, à l'imposant buffet trois corps, aux immémoriales gravures anglaises de chasse à courre qui en l'absence du tableau de Micha attiraient le regard (chevaux aux jambes graciles, sautant les haies, les rivières, *Vale of Alesbury Steeplechase*), le temps semblait s'être suspendu, Grâce avait soudain posé une question technique à propos de l'expertise, mais à entendre sa voix nouée, étonnamment fluette, Jivan avait pressenti que quelque chose allait peut-être se dire.

Parce que jusque-là rien n'avait été dit, Périano avait eu beau chercher son regard d'aînée, tout cela n'était qu'un rejoué de la réunion précédente, avec les mêmes dans les mêmes rôles, Périano toujours accroché à la lettre de la loi, Olivier qui ne voulait pas comprendre pourquoi ça n'avançait pas plus vite, et Grâce qui revenait toujours avec des questions de détail, mais lorsque Alexia lui avait coupé la parole, d'un ton éthéré, bizarre, elle s'était dit reviens, essaie d'être présente, Marina, écoute et regarde, essaie d'être présente.

Alexia interrompant mais avec douceur l'échange entre Grâce et le notaire pour laisser tomber ces mots : *moi je souhaite seulement le tableau de Micha, et pas d'argent, surtout pas d'argent*, d'une voix détachée, avec juste un peu de dédain, ses yeux désignant au-dessus du buffet le grand rectangle plus clair dans la tapisserie écrue, et le notaire s'était tourné vers elle sans comprendre parce que l'intervention devait lui paraître déplacée, dans la forme surtout, cette manière insouciante qu'avait eue Alexia d'interrompre sa sœur d'une voix légère, vaporeuse, comme l'expression d'une lubie ou d'un caprice. Et la réaction de Grâce avait été instantanée, piquée au vif elle s'était mise à bredouiller : *évidemment, la seule chose évidemment... – La seule chose, quoi ? J'énonce simplement ce que je souhaite,* avait répliqué Alexia d'un ton posé, neutre, hors toute provocation apparente, ce même ton, cette même froideur d'énonciation qui devait la rendre redoutable dans les réunions de Genève, et Grâce avait eu une grimace des lèvres balbutiant que le tableau était en restauration puis grinçant après un silence : *bien sûr, c'est comme ça que tu fais, c'est comme ça que tu fais toujours... – C'est comme ça que je fais quoi ? – Ce que tu fais toujours... – Ce que je fais toujours, quoi ?* s'était accrochée Alexia, jouant calmement la surprise, dévisageant sa sœur de son regard glacial.

Lui dire, leur dire, tranquillement leur dire qu'elle ne prendrait qu'une chose, un seul objet sans valeur marchande, ne céderait pas, ne transigerait pas sur cet objet, leur laisserait tout sauf ça, et non pas un objet choisi pour quelque raison matérielle mais un objet pur ou décrété comme tel, posé là devant eux avant toute espèce de marchandage, ne pas leur dire pourquoi cet objet-là, ce choix s'imposant d'ailleurs à elle sans qu'elle en comprenne la raison, un désir qui lui venait avec la trace du tableau absent dont elle ne voulait rien d'autre que retrouver la lumière, car ce tableau n'était qu'une lumière, une présence lumineuse, d'innombrables touches fauves, ocre, rosées, turquoise de cette *Grande Marine au couchant* parmi laquelle enfant elle aimait se perdre quand elle était assise à table, et parfois en regardant la toile elle pensait à Pierrot.

Alors, pour calmer le jeu, le notaire s'était lancé dans un rappel de principes à propos de l'expertise immobilière, mais personne ne l'écoutait plus, l'attention était ailleurs, Grâce marmonnait les yeux brûlants en direction d'Alexia et lorsque le notaire s'était enfin tu on avait entendu distinctement : *de toute façon venant de toi je ne m'attendais pas à autre chose, tu fais comme si nous n'existions pas, tu n'as jamais aimé personne,* Alexia recevant l'attaque sans sourciller avec dans les yeux une nuance d'ébahissement, de tristesse incertaine alors que dans le silence personne n'accourait à son secours, encore moins au secours de Grâce, même si quelque chose venait de se déchirer à ce moment-là, et pas seulement entre les deux sœurs mais parmi les cinq, oui les cinq, se disait Jivan, parce que Grâce avait parlé comme on ne parlait pas d'ordinaire, avec des mots nus comme *aimer, ne pas aimer, n'avoir jamais aimé,* lesquels mots étaient une adresse à tous et peut-être à elle-même, ricochaient absurdement sur les murs de la pièce, exprimant une douleur, un appel, une intimité qui n'avait jamais eu sa place à la table des Fougeray, parce que la pudeur était dans la famille, cette pudeur enseignée par le père, fière, ombreuse ou souveraine selon le caractère de chacun, parce que chez les Fougeray on n'avait pas coutume de se laisser aller à l'aveu des sentiments, et il avait fallu toute la fatigue de la veille, de la nuit sans sommeil, cette fête espérée et tenue à bras-le-corps, la circonstance enfin de se rassembler là une dernière fois à la table familiale pour que tous se retrouvent aux prises avec cette bizarrerie de mots d'amour et derrière ces mots la terrible question de ce qui les liait encore, de ce qui resterait de ce qu'ils avaient vécu ensemble, la maison peu à peu vidée, les murs clairsemés d'autres grands halos rectangulaires, les salles du rez-de-chaussée réduites à de grands volumes sonnants et les chambres plongées dans l'ombre par leurs volets fermés. Mais maintenant, il le savait, il la connaissait assez, Grâce se laisserait aller plus loin, elle prononcerait des paroles blessantes mais elle n'irait pas jusqu'à la querelle, elle s'arrêterait juste avant la querelle, personne d'autre non plus n'irait à la querelle, parce qu'on était aussi ainsi chez les Fougeray: on se tenait, on faisait cause commune au dernier moment, on ne cédait pas sur la fierté du clan, et tout au fond, oui tout au fond, il y avait l'ombre de maman pour passer entre les corps.

Grâce donc désespérément, qui ne pouvait plus s'empêcher de reparler du tableau qu'elle avait fait restaurer, réencadrer à ses frais, et cætera, et face à Alexia toujours impassible se mettre à vider son sac pour tout le monde, rappeler que si elle n'avait pas été là, à peine relevée de son opération, Lili n'aurait jamais pu faire face aux innombrables problèmes d'organisation du mariage, et que ce serait elle de toute façon qui s'occuperait de trier et d'évacuer les greniers, les armoires, parce qu'il était naturel de se reposer toujours sur elle, et cætera, et cætera, toutes choses parfaitement vraies mais parfaitement irritantes, se disait Marina, et qui de toute manière n'avaient rien à voir avec l'objet de la réunion mais qu'il fallait laisser se vider, s'expulser de cette voix jérémiante qui rendait Grâce plus seule encore, jusqu'au moment où Olivier était venu à son aide avec une espèce d'embarras, de gentillesse pataude, s'excusant maladroitement de ne pas l'avoir assez remerciée pour la fête, et c'était bien d'entendre Olivier prendre enfin la parole autrement que pour ses propres affaires, c'était bien.

Non pas ce merci d'Olivier, non pas ce merci à ce qu'elle n'arrivait pas à dire, qu'elle disait si mal, si misérablement, d'une façon qui n'était pas la bonne, mais qu'elle ne parvenait plus à arrêter maintenant, qui lui venait malgré elle, les mots appelant d'autres mots, faisant remonter du fond d'elle la vieille chose ruminée qu'elle se sentait soulagée d'exprimer et qu'à la fois elle se détestait entendre.

Ce regard alors de Grâce, ce regard à bout de paroles, ses yeux flottant dans le vague, désolés, perdus, tandis qu'Alexia extrayait une lettre de son agenda, la dépliait en silence, cherchait longuement l'extrait à lire et commençait d'une voix tremblante : *non pas ce que je vous ai laissé, ce que je vous ai laissé est sans importance, mais ce que je vous ai transmis plutôt, malgré moi, ce qui m'a été donné sans que je le comprenne et qui a traversé ma vie pour être déposé en vous jour après jour, cette part aveugle avec laquelle vous apprendrez à vivre puis que vous léguerez à votre tour à vos propres enfants...* Là elle s'était interrompue, avait cherché un autre extrait mais ne l'avait pas trouvé, repliant la lettre et demeurant un moment pensive, hésitante, sur le bord de ce qu'elle venait de lire, puis le fixant lui, Jivan, mystérieusement, comme si c'était à lui, l'enfant adoptif, qu'était destinée cette parole, la soudaine irruption de la voix du père, bien loin des misérables rancœurs de Grâce qui serrait son poing contre sa bouche comme pour s'empêcher de parler. Et Lili était entrée dans la pièce à ce moment-là, elle avait déposé la théière bouillante sur la table puis, s'apercevant qu'il se passait quelque chose, avait disparu très vite. Dans le silence Marina avait servi le thé avec une lenteur, une attention pour chacun, et même une prévenance particulière envers Grâce qui se ressaisissait peu à peu, gémissait excusez-moi, excusez-moi, puis, d'une voix défaite : je pense toujours à ce qui va rester de nous, qu'est-ce qui reste entre nous, qu'est-ce qui restera quand tout sera parti ?

Cela exactement : dites-moi, rassurez-moi, mes frères et mes sœurs, puisque tout va disparaître, puisque nous nous parlons déjà si peu, est-ce que nous nous reverrons encore, est-ce que seulement nous nous reverrons ?

Et Marina avait eu en réponse ce geste léger, familier, de lui caresser la joue du dos des doigts comme pour lui dire ne soyons pas si graves, ne nous posons pas mille questions, il restera ce qui restera... Le sourire de Marina revenant sur les choses la tension s'était peu à peu relâchée, le notaire avait ramassé ses papiers en disant qu'il préviendrait par courrier dès qu'il aurait des nouvelles du tribunal et il avait pris la peine de serrer la main de chacun avant de partir. Puis une fois qu'il avait quitté la pièce il s'était passé ceci d'étonnant, peut-être d'extraordinaire : Olivier s'apprêtait à partir à son tour et à l'instant précis où il s'était levé les voix de Marina et d'Alexia avaient claqué quasi simultanément : *reste !* Et comme Olivier se rasseyait sans comprendre il s'était produit un incroyable silence qui résonnait pour tous de l'injonction à rester, à ne pas balayer ce qui venait de se dire, attendre quelque chose, attendre le temps qu'il faudrait, dans cette salle à manger à la lumière basse, à la lourde immobilité, cependant que l'on entendait au-dehors les bruits de rangement, tintements de vaisselle et cris du côté de la grange dont ils devaient désamarrer la grande bâche blanche.

Non qu'il voulût partir, il serait resté bien sûr, mais Lynn avait insisté pour qu'ils soient prêts avant deux heures, Lynn désirait compter au plus large pour éviter toute surprise, cinq heures de route au pire jusqu'à l'aéroport de Roissy.

Le même mot au même moment, et Alexia le lui aurait hurlé si elle avait pu : sois là où tu dois être, puisque tu choisis d'y être, tiens ce que tu dois tenir, *reste !*

Tandis qu'une fois la surprise passée Olivier regardait Marina avec dans les yeux quelque chose de flou, vaguement servile, et Marina s'était adressée à lui très bas, d'une voix blanche : peut-être qu'on n'en a pas fini encore, Olivier, peut-être que tout ça ne se résume pas à une simple histoire d'argent. La fin de la phrase s'était perdue dans le souffle mais elle fixait toujours son frère, marquant en le regardant une espèce d'éblouissement : bien sûr on peut décider que c'est fini, on peut décider qu'il n'y aura plus rien après le partage des parts, et que tout est dit puisque le notaire est parti. Puis elle avait poursuivi très bas, comme une affaire entre lui et elle, une affaire d'aînés, évoquant l'événement qui s'était produit la veille et qu'elle ne pouvait pas laisser passer sans un mot, disait-elle, comme on lui passait toujours tout, sous prétexte de ses crises, même si elle ne lui demandait pas d'excuses, n'ayant que faire de ses excuses, demandait simplement qu'il prenne le temps de l'écouter deux ou trois secondes, prenne le temps d'entendre que Hyacinthe était une personne et non pas comme il le clamait à tous vents : une demi-cinglée, et sur ces mots elle avait détourné les yeux, était demeurée le sourire tremblant à fixer la part sombre de la salle à manger, avant de se laisser reprendre par une voix, une parole qui n'était plus seulement destinée à lui mais à tous, pensait Jivan, parole qui la traversait soudain bizarrement comme une pensée errante : ce n'est pas tellement qu'il manque, disait-elle sans le nommer, il manque mais on s'y fera sans doute à ce manque-là, on s'y habituera comme on s'est habitué au manque de maman, comme on s'est fait à la mort de Pierrot, même si pendant des années la joie était partie de la maison après la mort de Pierrot, non c'est autre chose qui manque, qui s'est perdu, effrité sans qu'on s'en aperçoive et c'est cela peut-être que Hyacinthe porte, c'est cela qui n'est pas fini, ne sera jamais fini, Olivier, même après le partage des parts, ne sera jamais fini.

Et lui qui la regardait sans comprendre tandis qu'un tic lui tordait la lèvre supérieure et qu'un instant, mais un instant seulement, apparaissait dans ses yeux cette lueur flambeuse de l'enfant fautif qu'il n'avait jamais cessé d'être (enfant de la faute, se disait Alexia, enfant niant toujours pathétiquement sa faute et dont l'expression suscitait à nouveau l'envie de serrer contre elle sa grande tête de braque, ou de la cacher, simplement la cacher sous le drap noir des familles).

Jusqu'à ce que Marina se lève et, comme pour balayer ce qui venait de se dire, conclue par ces mots : *je crois que Lili a préparé quelque chose pour ceux qui ne partent pas tout de suite.* Les enfants à ce moment-là étaient venus coller leur visage contre la vitre du jardin, Maya ses deux mains en visière pour voir à l'intérieur, et Ulysse qui riait derrière elle. Tête basse Grâce avait longuement rassemblé la vaisselle du thé. Et c'est seulement après son départ qu'Olivier s'était levé, titubant d'un pas lourd jusqu'à la porte. Alexia était demeurée la dernière à la table avec Jivan. Elle semblait tellement plongée dans ses pensées qu'il aurait voulu lui dire quelque chose mais il n'avait pas trouvé les mots.

Comment en étaient-ils venus là ? se demandait-elle encore, cherchant à recomposer le parcours étrange de la réunion. Mais pourquoi donc avait-elle lu cet extrait-là de la lettre du père ? Est-ce qu'elle comprenait elle-même ce qu'il avait écrit ? Et au milieu du joyeux vacarme des enfants, attablés dans la cuisine autour des restes de galantine de veau, tandis qu'ils enfournaient à grand fracas les chaises dans le camion bâché de la cour, Alexia avait avisé Grâce à l'autre extrémité de la table, Grâce très pâle, indifférente au tourbillon des voix, avec cette espèce de halo sombre, immobile, de celle qui est touchée, muettement accablée, à l'épreuve de sa douleur. Et soudain il lui semblait à ce moment-là que sa sœur se donnait à elle pour ce qu'elle était vraiment, non plus la bien-pensante, celle qui voulait toujours s'occuper de tout, contrôler la bonne marche des choses, mais la femme blessée, absorbée en sa blessure, infiniment seule et peut-être infiniment proche. Puis cela s'était déchiré plus encore quelques instants plus tard lorsqu'elle avait surpris Lili avec Marina, toutes deux de dos dans la buanderie, Marina qui tenait fermement la fermière par l'épaule en l'assurant qu'elle pourrait venir chez elle autant de fois qu'elle le voudrait, et Lili dans le contre-jour qui hochait la tête négativement, les poings sur la table, devant la pile d'assiettes propres, comme un monument buté, farouche, traversé de lézardes, secoué d'un invisible chagrin, ombrageux, immobile, au point que la voix de Marina tremblait, parce qu'il n'était pas possible, il n'était pas supportable de voir ainsi Lili au bord de l'effondrement, elle qui avait tenu tête à toutes les morts, toutes les dévastations et qui venait à ce moment de laisser tomber son courage, comme à la fin des batailles, trahie par le temps.

Nous ne ferons que quelques pas, avait insisté Alexia, simplement quelques pas sur la plage. Et Jivan avait engagé la voiture sur la rampe de ciment qui menait aux Abanages. Le petit Ulysse s'était mis à courir jusqu'à la lisière des vagues et ils l'avaient suivi à distance. Sur la droite on voyait s'étendre l'immense plage avec son bunker et beaucoup plus loin le visage du *Dieu*, brut, déformé, massif, avec au bas la petite niche que maman venait rituellement fleurir en souvenir de Pierrot. À côté de là le regard hésitait devant un amas de cendres noires parce qu'il y avait eu quelque chose, le regard se souvenait de quelque chose, la cahute, oui, avec sa porte peinte en blanc, la cahute branlante où le père rassemblait ses affaires de pêche et les accessoires de la barque. En marchant à côté de lui Alexia lui avait pris le doigt en anneau, elle avait murmuré *tu l'as revue, n'est-ce pas ?* C'était une question qui n'exigeait aucune réponse et par laquelle tout était dit, tout était enfin relié, les deux femmes qu'il aimait, si différentes, entre lesquelles il marchait le long de la mer. Ulysse pataugeait dans la vague, la lumière sur l'horizon détachait au loin les falaises d'Aurigny, un instant Alexia avait cligné des yeux vers le large puis elle avait fait signe de revenir sur leurs pas.

Toujours cette image : il tombe dans la barque, il se relève, il tombe, il cherche à se démêler du faisceau de cordes avec lequel il a voulu arrimer son corps, mais la corde le trahit, il glisse sur le plancher mouillé, il est devenu un très vieil homme, il n'a plus la force de ses cinquante ans, il n'aurait pas dû prendre la mer ce jour-là mais il lui donnait toujours des rendez-vous fous, déraisonnables, et maintenant elle était là tout autour de lui, ouvrant ses trappes sombres.

Bleu, parfaitement bleu à présent, mais pourquoi se plaindre, ils avaient eu un soleil magnifique jusqu'au vin d'honneur, et la route était tout à fait libre depuis

Rouen. Lynn qui venait de s'endormir n'avait pas repoussé sa main posée sur sa cuisse, rien de grave donc, derrière le ciel bleu il y aurait un autre ciel, plus bleu encore, au-dessus de la mer, des coraux de couleur, une plage à l'infini où Lynn prendrait sa couleur dorée, sa jolie couleur dorée et ils feraient l'amour dans le petit pavillon entre les palmiers, en vacances Lynn était propice à l'amour, on l'ouvrait rien qu'en la touchant comme une corolle humide, Lili avait pleuré en les embrassant mais Lili pleurait toujours un peu, et finalement Marina l'avait embrassé en partant, rien de grave donc, on pouvait peut-être tabler sur décembre pour la mise en vente et l'acte en février ou mars, mettons avril, il suffirait d'un crédit de raccord, rien de grave, la bande centrale était un peu luisante car la pluie était passée par là, mais le ciel se dégageait déjà, bleu très bleu, derrière les nuages.

Rapport (IV) des réunions de coordination inter-agences... Cela faisait dix minutes au moins que son regard errait d'une ligne à l'autre du rapport, un regret, une pensée indécise flottant au-dessus de sa lecture, comme si elle avait oublié quelque chose, on oublie toujours quelque chose, elle avait dû partir trop vite comme d'habitude, n'avait pas osé croiser le regard de Lili en l'embrassant, mais ce regret appartenait peut-être aussi au sentiment de trahison douce qu'elle éprouvait autrefois lorsqu'elle laissait papa derrière elle toujours plus vieux et plus seul. De l'autre côté de la baie vitrée un avion se posait en silence, blanc et majestueux dans le ciel de lumière, ses ailes scintillantes. Elle venait de refermer le rapport, pensant qu'il y avait dans son sac du papier à lettres, l'idée lui était venue ainsi, une idée simple, possible, le temps d'un mot, d'une trace écrite, notre liberté, notre infinie liberté est de pouvoir toucher l'âme de l'autre. Et quelques instants plus tard elle avait ouvert le petit bloc à en-tête de l'*International Hotel, Johannesburg,* écrivant puis barrant *Monsieur,* puis *Milan* à nouveau barré, commençant ainsi : *si d'aventure vous passiez à Genève,* raturant aussitôt, reprenant *il y a quelque chose dont,* non, non, ne pas trop venir à lui, s'était-elle dit à l'instant où la phrase venait de se murmurer dans sa tête, belle, ambiguë et parfaite, elle l'avait recopiée sur un autre feuillet vierge accompagnée de son adresse à Genève : *c'est vrai, les enfants ne s'endorment pas facilement.*

Hyacinthe calme sur la banquette arrière et laissant Maya se coucher sur elle, n'ayant pas repoussé sa petite sœur qui venait de laisser tomber sa tête sur ses genoux et d'enfoncer son pouce dans sa bouche. Dans le rétroviseur le regard de Hyacinthe était happé par le soleil du soir, elle avait remplacé son bandana noir par un petit diadème fleuri et semblait à nouveau sourire impénétrablement, comme si ce qui s'était passé dans la nuit était enfoui à jamais, enfoui et désormais tranquille derrière le mouvement à peine saccadé de ses yeux. Le soleil glissait par-dessus les plages qui s'enfilaient l'une à l'autre le long de la départementale entre Coutances et Granville. À Saint-Germain-sur-Ay le spectacle était splendide : lacs et rivières sur le sable, jeux de miroirs et de transparences entre le grège et le bleu, long panache d'oiseaux devant les tentures orangées du soleil couchant. Nous sommes-nous trouvées, ma petite Hya, nous sommes-nous enfin trouvées ?

Et quel corps cette part aveugle, quel corps en nos corps, dans la nuit de nos corps ?

Ça l'avait prise au moment de fermer les volets : d'un coup se sentir tomber dans un gouffre et se retrouver les coudes sur la table à laisser monter ces sanglots lourds, éperdus, qui lui serraient les tempes et au même moment la vidaient tout entière, déferlaient au travers d'elle, parce que personne ne pouvait comprendre combien c'était dur d'être Grâce, de devoir veiller sur les choses quand les autres étaient partis, lui laissant la petite besogne, comme papa lui laissait toujours la petite besogne, ne lui adressait pas des lettres comme à Alexia mais à tout moment : n'oublie pas, Grâce, ne perds pas de vue, Grâce, je compte sur toi, Grâce, et même pour le démantèlement des choses ce serait encore Grâce, Grâce, jusqu'à l'extrême limite de ses forces. Mais à présent qu'elle était arrivée tout au fond des larmes il y avait déjà une espèce de chaleur consolante comme la main de maman sur son épaule, maman qui se penchait au-dessus d'elle, lui répétait *la courageuse, de toutes mes filles la plus courageuse,* tandis que les sanglots passaient peu à peu, le serrement des tempes se relâchait, la respiration se faisait plus calme, tout redevenu calme dans le calme bruissant de la maison désertée.

Avait obliqué vers Dives d'où il avait longé le rivage en direction de Deauville, pour abandonner la voiture sur le bas-côté de la départementale après Villers-sur-Mer. Le soleil venait de disparaître, laissant vers l'ouest une longue trace ruisselante. Il avait marché un peu sur la plage puis il était resté longtemps au pied de la vague face au lent chavirement du jour. Le vent du soir était doux, brisant le vol de mouettes blanches qui lançaient de petits rires effrayés. Il avait attendu qu'il fasse un peu plus sombre puis il s'était déshabillé jusqu'à être totalement nu et il était entré dans l'eau avec lenteur, sentant l'enveloppement glacé lui serrer les chevilles, les genoux, les cuisses, se plaquer sur son sexe, lui couper un instant le souffle. Sur la plage de Cochin la femme anglo-indienne était venue droit vers lui, le choisissant au milieu de la foule, lui disant toi tu cherches quelque chose mais tu ne sais pas ce que tu cherches, *le sang, est-ce cela le sang ?* Et il l'avait suivie jusqu'à sa petite maison de Thopumpady. Derrière lui une enseigne lumineuse bleue était apparue au bord de la route, les voitures avaient allumé leurs phares, il attendrait un peu de temps encore jusqu'au dernier instant de la lumière.

Herqueville, Nivelles, Ambleteuse,
2005-2006

Remerciements : Anne Capet, Isabelle Ferrant, Claire Nora Lejeune, Caroline Chariot-Dayez et Marie, toujours complice.

Avec l'aide d'une bourse à l'écriture du ministère de la Communauté française de Belgique

DU MÊME AUTEUR

Retour à Satyah
roman
Labor, 1989

Grain de peau
nouvelles
Labor, 1992

La Nuit d'obsidienne
roman
Labor, 1992

La Partie d'échecs indiens
roman
La Différence, 1994
Stock, 1999
et Labor, 2004

Le Tueur mélancolique
roman
La Différence, 1995
et Labor, 1999 et 2009

La Leçon de chant
roman
La Différence, 1996
et Labor, 2000

La Passion Savinsen
roman
Stock, 1998
et Le Livre de Poche, n° 14893

La Question humaine
récit
Stock, 2000
et Le Livre de Poche, n° 15361

Portement de ma mère
poèmes
Stock, 2001

La Chambre voisine

roman
Stock, 2001
et Le Livre de Poche, n° 15524

Le Sentiment du fleuve

roman
Stock, 2003
et Le Livre de Poche, n° 30107

L'Invitation au voyage

nouvelles
Labor, 2004

La Lente Mue des paysages
Poésie 1982-2003

La Renaissance du livre, 2004

Le Vent dans la maison

roman
Stock, 2004
et le Livre de Poche, n° 30724

Bleu de fuite

roman
Stock, 2005

Là-bas

Livre-CD
Esperluète, 2006

Partie de chasse

théâtre
Actes Sud-Papiers, 2007

La Voix et les Ombres

Chaire de poétique
Éditions Lansman, 2007

L'Enlacement

récit
Seuil, 2008

COMPOSITION : PAO ÉDITIONS DU SEUIL

CPI Bussière

Cet ouvrage a été imprimé en France par
CPI Bussière
à Saint-Amand-Montrond (Cher)
en décembre 2009.
N° d'édition : 101274. - N° d'impression : 91842.
Dépôt légal : janvier 2010.

Collection Points

DERNIERS TITRES PARUS

P1665. Partition rouge.
Poèmes et chants des indiens d'Amérique du Nord
Jacques Roubaud, Florence Delay
P1666. Un désir fou de danser, *Elie Wiesel*
P1667. Lenz, *Georg Büchner*
P1668. Resmiranda. Les Descendants de Merlin II
Irene Radford
P1669. Le Glaive de Mithra. Le Cycle de Mithra II
Rachel Tanner
P1670. Phénix vert. Trilogie du Latium I, *Thomas B. Swann*
P1671. Essences et parfums, *Anny Duperey*
P1672. Naissances, *Collectif*
P1673. L'Évangile une parole invincible, *Guy Gilbert*
P1674. L'époux divin, *Francisco Goldman*
P1675. La Comtesse de Pimbêche
et autres étymologies curieuses
Pierre Larousse
P1676. Les Mots qui me font rire
et autres cocasseries de la langue française
Jean-Loup Chiflet
P1677. Les carottes sont jetées.
Quand les expressions perdent la boule
Olivier Marchon
P1678. Le Retour du professeur de danse, *Henning Mankell*
P1679. Romanzo Criminale, *Giancarlo de Cataldo*
P1680. Ciel de sang, *Steve Hamilton*
P1681. Ultime Témoin, *Jilliane Hoffman*
P1682. Los Angeles, *Peter Moore Smith*
P1683. Encore une journée pourrie
ou 365 bonnes raisons de rester couché, *Pierre Enckell*
P1684. Chroniques de la haine ordinaire 2, *Pierre Desproges*
P1685. Desproges, portrait, *Marie-Ange Guillaume*
P1686. Les Amuse-Bush, *Collectif*
P1687. Mon valet et moi, *Hervé Guibert*
P1688. T'es pas mort !, *Antonio Skármeta*
P1689. En la forêt de Longue Attente.
Le roman de Charles d'Orléans, *Hella S. Haasse*
P1690. La Défense Lincoln, *Michael Connelly*

P1691. Flic à Bangkok, *Patrick Delachaux*
P1692. L'Empreinte du renard, *Moussa Konaté*
P1693. Les fleurs meurent aussi, *Lawrence Block*
P1694. L'Ultime Sacrilège, *Jérôme Bellay*
P1695. Engrenages, *Christopher Wakling*
P1696. La Sœur de Mozart, *Rita Charbonnier*
P1697. La Science du baiser, *Patrick Besson*
P1698. La Domination du monde, *Denis Robert*
P1699. Minnie, une affaire classée, *Hans Werner Kettenbach*
P1700. Dans l'ombre du Condor, *Jean-Paul Delfino*
P1701. Le Nœud sans fin. Le Chant d'Albion III
Stephen Lawhead
P1702. Le Feu primordial, *Martha Wells*
P1703. Le Très Corruptible Mandarin, *Qiu Xiaolong*
P1704. Dexter revient !, *Jeff Lindsay*
P1705. Vous plaisantez, monsieur Tanner, *Jean-Paul Dubois*
P1706. À Garonne, *Philippe Delerm*
P1707. Pieux mensonges, *Maile Meloy*
P1708. Chercher le vent, *Guillaume Vigneault*
P1709. Les Pierres du temps et autres poèmes, *Tahar Ben Jelloun*
P1710. René Char, *Éric Marty*
P1711. Les Dépossédés
Robert McLiam Wilson et Donovan Wylie
P1712. Bob Dylan à la croisée des chemins. Like a Rolling Stone
Greil Marcus
P1713. Comme une chanson dans la nuit
suivi de Je marche au bras du temps, *Alain Rémond*
P1714. Où les borgnes sont rois, *Jess Walter*
P1715. Un homme dans la poche, *Aurélie Filippetti*
P1716. Prenez soin du chien, *J.M. Erre*
P1717. La Photo, *Marie Desplechin*
P1718. À ta place, *Karine Reysset*
P1719. Je pense à toi tous les jours, *Hélèna Villovitch*
P1720. Si petites devant ta face, *Anne Brochet*
P1721. Ils s'en allaient faire des enfants ailleurs
Marie-Ange Guillaume
P1722. Le Jugement de Léa, *Laurence Tardieu*
P1723. Tibet or not Tibet, *Péma Dordjé*
P1724. La Malédiction des ancêtres, *Kirk Mitchell*
P1725. Le Tableau de l'apothicaire, *Adrian Mathews*
P1726. Out, *Natsuo Kirino*
P1727. La Faille de Kaïber. Le Cycle des Ombres I
Mathieu Gaborit

P1728. Griffin. Les Descendants de Merlin III, *Irene Radford*
P1729. Le Peuple de la mer. Le Cycle du Latium II
Thomas B. Swann
P1730. Sexe, mensonges et Hollywood, *Peter Biskind*
P1731. Qu'avez-vous fait de la révolution sexuelle ?
Marcela Iacub
P1732. Persée, prince de la lumière. Le Châtiment des dieux III
François Rachline
P1733. Bleu de Sèvres, *Jean-Paul Desprat*
P1734. Julius et Isaac, *Patrick Besson*
P1735. Une petite légende dorée, *Adrien Goetz*
P1736. Le Silence de Loreleï, *Carolyn Parkhurst*
P1737. Déposition, *Leon Werth*
P1738. La Vie comme à Lausanne, *Erik Orsenna*
P1739. L'Amour, toujours !, *Abbé Pierre*
P1740. Henri ou Henry, *Didier Decoin*
P1741. Mangez-moi, *Agnès Desarthe*
P1742. Mémoires de porc-épic, *Alain Mabanckou*
P1743. Charles, *Jean-Michel Béquié*
P1744. Air conditionné, *Marc Vilrouge*
P1745. L'Homme qui apprenait lentement, *Thomas Pynchon*
P1746. Extrêmement fort et incroyablement près
Jonathan Safran Foer
P1747. La Vie rêvée de Sukhanov, *Olga Grushin*
P1748. Le Retour du Hooligan, *Norman Manea*
P1749. L'Apartheid scolaire, *G. Fellouzis & Cie*
P1750. La Montagne de l'âme, *Gao Xingjian*
P1751. Les Grands Mots du professeur Rollin
Panacée, ribouldingue et autres mots à sauver
Le Professeur Rollin
P1752. Dans les bras de Morphée
Histoire des expressions nées de la mythologie
Isabelle Korda
P1753. Parlez-vous la langue de bois ?
Petit traité de manipulation à l'usage des innocents
Martine Chosson
P1754. Je te retrouverai, *John Irving*
P1755. L'Amant en culottes courtes, *Alain Fleischer*
P1756. Billy the Kid, *Michael Ondaatje*
P1757. Le Fou de Printzberg, *Stéphane Héaume*
P1758. La Paresseuse, *Patrick Besson*
P1759. Bleu blanc vert, *Maïssa Bey*
P1760. L'été du sureau, *Marie Chaix*

P1761. Chroniques du crime, *Michael Connelly*
P1762. Le croque-mort enfonce le clou, *Tim Cockey*
P1763. La Ligne de flottaison, *Jean Hatzfeld*
P1764. Le Mas des alouettes, Il était une fois en Arménie
Antonia Arslan
P1765. L'Œuvre des mers, *Eugène Nicole*
P1766. Les Cendres de la colère. Le Cycle des Ombres II
Mathieu Gaborit
P1767. La Dame des abeilles. Le Cycle du latium III
Thomas B. Swann
P1768. L'ennemi intime, *Patrick Rotman*
P1769. Nos enfants nous haïront
Denis Jeambar & Jacqueline Remy
P1770. Ma guerre contre la guerre au terrorisme, *Terry Jones*
P1771. Quand Al-Qaïda parle, *Farhad Khosrokhavar*
P1772. Les Armes secrètes de la C.I.A., *Gordon Thomas*
P1773. Asphodèle, *suivi de* Tableaux d'après Bruegel
William Carlos Williams
P1774. Poésie espagnole 1945-1990 (anthologie)
Claude de Frayssinet
P1775. Mensonges sur le divan, *Irvin D. Yalom*
P1776. Le Sortilège de la dague. Le Cycle de Deverry I
Katharine Kerr
P1777. La Tour de guet *suivi des* Danseurs d'Arun.
Les Chroniques de Tornor I, *Elisabeth Lynn*
P1778. La Fille du Nord, Les Chroniques de Tornor II
Elisabeth Lynn
P1779. L'Amour humain, *Andreï Makine*
P1780. Viol, une histoire d'amour, *Joyce Carol Oates*
P1781. La Vengeance de David, *Hans Werner Kettenbach*
P1782. Le Club des conspirateurs, *Jonathan Kellerman*
P1783. Sanglants trophées, *C.J. Box*
P1784. Une ordure, *Irvine Welsh*
P1785. Owen Noone et Marauder, *Douglas Cowie*
P1786. L'Autre Vie de Brian, *Graham Parker*
P1787. Triksta, *Nick Cohn*
P1788. Une histoire politique du journalisme
Géraldine Muhlmann
P1789. Les Faiseurs de pluie.
L'histoire et l'impact futur du changement climatique
Tim Flannery
P1790. La Plus Belle Histoire de l'amour, *Dominique Simonnet*
P1791. Poèmes et proses, *Gerard Manley Hopkins*

P1792. Lieu-dit l'éternité, poèmes choisis, *Emily Dickinson*
P1793. La Couleur bleue, *Jörg Kastner*
P1794. Le Secret de l'imam bleu, *Bernard Besson*
P1795. Tant que les arbres s'enracineront dans la terre et autres poèmes, *Alain Mabanckou*
P1796. Cité de Dieu, *E.L. Doctorow*
P1797. Le Script, *Rick Moody*
P1798. Raga, approche du continent invisible, *J.M.G. Le Clézio*
P1799. Katerina, *Aharon Appelfeld*
P1800. Une opérette à Ravensbrück, *Germaine Tillion*
P1801. Une presse sans Gutenberg. Pourquoi Internet a révolutionné le journalisme *Bruno Patino et Jean-François Fogel*
P1802. Arabesques. L'aventure de la langue en Occident *Henriette Walter et Bassam Baraké*
P1803. L'Art de la ponctuation. Le point, la virgule et autres signes fort utiles *Olivier Houdart et Sylvie Prioul*
P1804. À mots découverts. Chroniques au fil de l'actualité *Alain Rey*
P1805. L'Amante du pharaon, *Naguib Mahfouz*
P1806. Contes de la rose pourpre, *Michel Faber*
P1807. La Lucidité, *José Saramago*
P1808. Fleurs de Chine, *Wei-Wei*
P1809. L'Homme ralenti, *J.M. Coetzee*
P1810. Rêveurs et nageurs, *Denis Grozdanovitch*
P1811. - 30°, *Donald Harstad*
P1812. Le Second Empire. Les Monarchies divines IV *Paul Kearney*
P1813. Été machine, *John Crowley*
P1814. Ils sont votre épouvante, et vous êtes leur crainte *Thierry Jonquet*
P1815. Paperboy, *Pete Dexter*
P1816. Bad city blues, *Tim Willocks*
P1817. Le Vautour, *Gil Scott Heron*
P1818. La Peur des bêtes, *Enrique Serna*
P1819. Accessible à certaine mélancolie, *Patrick Besson*
P1820. Le Diable de Milan, *Martin Suter*
P1821. Funny Money, *James Swain*
P1822. J'ai tué Kennedy ou les mémoires d'un garde du corps *Manuel Vázquez Montalbán*
P1823. Assassinat à Prado del Rey et autres histoires sordides *Manuel Vázquez Montalbán*

P1824. Laissez entrer les idiots. Témoignage d'un autiste
Kamran Nazeer
P1825. Patients si vous saviez, *Christian Lehmann*
P1826. La Société cancérigène
Geneviève Barbier et Armand Farrachi
P1827. La Mort dans le sang, *Joshua Spanogle*
P1828. Une âme de trop, *Brigitte Aubert*
P1829. Non, ce pays n'est pas pour le vieil homme
Cormac McCarthy
P1830. La Psy, *Jonathan Kellerman*
P1831. La Voix, *Arnaldur Indridason*
P1832. Les Nouvelles Enquêtes du juge Ti, vol. 4
Petits meurtres entre moines, *Frédéric Lenormand*
P1833. Les Nouvelles Enquêtes du juge Ti, vol. 5
Madame Ti mène l'enquête, *Frédéric Lenormand*
P1834. La Mémoire courte, *Louis-Ferdinand Despreez*
P1835. Les Morts du Karst, *Veit Heinichen*
P1836. Un doux parfum de mort, *Guillermo Arriaga*
P1837. Bienvenue en enfer, *Clarence L. Cooper*
P1838. Le Roi des fourmis, *Charles Higson*
P1839. La Dernière Arme, *Philip Le Roy*
P1840. Désaxé, *Marcus Sakey*
P1841. Opération vautour, *Stephen W. Frey*
P1842. Éloge du gaucher, *Jean-Paul Dubois*
P1843. Le Livre d'un homme seul, *Gao Xingjian*
P1844. La Glace, *Vladimir Sorokine*
P1845. Je voudrais tant revenir, *Yves Simon*
P1846. Au cœur de ce pays, *J.M. Coetzee*
P1847. La Main blessée, *Patrick Grainville*
P1848. Promenades anglaises, *Christine Jordis*
P1849. Scandale et folies.
Neuf récits du monde où nous sommes, *Gérard Mordillat*
P1850. Un mouton dans la baignoire, *Azouz Begag*
P1851. Rescapée, *Fiona Kidman*
P1852. Le Sortilège de l'ombre. Le Cycle de Deverry II
Katharine Kerr
P1853. Comment aiment les femmes. Du désir et des hommes
Maryse Vaillant
P1854. Courrier du corps. Nouvelles voies de l'anti-gymnastique
Thérèse Bertherat
P1855. Restez zen. La méthode du chat, *Henri Brunel*
P1856. Le Jardin de ciment, *Ian McEwan*
P1857. L'Obsédé (L'Amateur), *John Fowles*

P1858. Moustiques, *William Faulkner*
P1859. Givre et sang, *John Cowper Powys*
P1860. Le Bon Vieux et la Belle Enfant, *Italo Svevo*
P1861. Le Mystère Tex Avery, *Robert Benayoun*
P1862. La Vie aux aguets, *William Boyd*
P1863. L'amour est une chose étrange, *Joseph Connolly*
P1864. Mossad, les nouveaux défis, *Gordon Thomas*
P1865. 1968, Une année autour du monde, *Raymond Depardon*
P1866. Les Maoïstes, *Christophe Bourseiller*
P1867. Floraison sauvage, *Aharon Appelfeld*
P1868. Et il y eut un matin, *Sayed Kashua*
P1869. 1 000 mots d'esprit, *Claude Gagnière*
P1870. Le Petit Grozda. Les merveilles oubliées du Littré
Denis Grozdanovitch
P1871. Romancero gitan, *Federico García Lorca*
P1872. La Vitesse foudroyante du passé, *Raymond Carver*
P1873. Ferrements et autres poèmes, *Aimé Césaire*
P1874. La Force qui nous manque, *Eva Joly*
P1875. Enfants des morts, *Elfriede Jelinek*
P1876. À poèmes ouverts, *Anthologie Printemps des poètes*
P1877. Le Peintre de batailles, *Arturo Pérez-Reverte*
P1878. La Fille du Cannibale, *Rosa Montero*
P1879. Blue Angel, *Francine Prose*
P1880. L'Armée du salut, *Abdellah Taïa*
P1881. Grille de parole, *Paul Celan*
P1882. Nouveaux poèmes *suivi de* Requiem
Rainer Maria Rilke
P1883. Dissimulation de preuves, *Donna Leon*
P1884. Une erreur judiciaire, *Anne Holt*
P1885. Honteuse, *Karin Alvtegen*
P1886. La Mort du privé, *Michael Koryta*
P1887. Tea-Bag, *Henning Mankell*
P1888. Le Royaume des ombres, *Alan Furst*
P1889. Fenêtres de Manhattan, *Antonio Muñoz Molina*
P1890. Tu chercheras mon visage, *John Updike*
P1891. Fonds de tiroir, *Pierre Desproges*
P1892. Desproges est vivant, *Pierre Desproges*
P1893. Les Vaisseaux de l'ouest. Les Monarchies divines V
Paul Kearney
P1894. Le Quadrille des assassins. La Trilogie Morgenstern I
Hervé Jubert
P1895. Un tango du diable. La Trilogie Morgenstern II
Hervé Jubert

P1896. La Ligue des héros. Le Cycle de Kraven I
Xavier Mauméjean
P1897. Train perdu, wagon mort, *Jean-Bernard Pouy*
P1898. Cantique des gisants, *Laurent Martin*
P1899. La Nuit de l'abîme, *Juris Jurjevics*
P1900. Tango, *Elsa Osorio*
P1901. Julien, *Gore Vidal*
P1902. La Belle Vie, *Jay McInerney*
P1903. La Baïne, *Eric Holder*
P1904. Livre des chroniques III, *António Lobo Antunes*
P1905. Ce que je sais (Mémoires 1), *Charles Pasqua*
P1906. La Moitié de l'âme, *Carme Riera*
P1907. Drama city, *George P. Pelecanos*
P1908. Le Marin de Dublin, *Hugo Hamilton*
P1909. La Mère des chagrins, *Richard McCann*
P1910. Des louves, *Fabienne Jacob*
P1911. La Maîtresse en maillot de bain. Quatre récits d'enfance
Yasmina Khadra, Paul Fournel,
Dominique Sylvain et Marc Villard
P1912. Un si gentil petit garçon, *Jean-Loup Chiflet*
P1913. Saveurs assassines. Les Enquêtes de Miss Lalli
Kalpana Swaminathan
P1914. La Quatrième Plaie, *Patrick Bard*
P1915. Mon sang retombera sur vous, *Aldo Moro*
P1916. On ne naît pas Noir, on le devient
Jean-Louis Sagot-Duvauroux
P1917. La Religieuse de Madrigal, *Michel del Castillo*
P1918. Les Princes de Francalanza, *Federico de Roberto*
P1919. Le Conte du ventriloque, *Pauline Melville*
P1920. Nouvelles chroniques au fil de l'actualité.
Encore des mots à découvrir, *Alain Rey*
P1921. Le mot qui fait mouche. Dictionnaire amusant
et instructif des phrases les plus célèbres de l'histoire
Gilles Henry
P1922. Les Pierres sauvages, *Fernand Pouillon*
P1923. Ce monde est mon partage et celui du démon
Dylan Thomas
P1924. Bright Lights, Big City, *Jay McInerney*
P1925. À la merci d'un courant violent, *Henry Roth*
P1926. Un rocher sur l'Hudson, *Henry Roth*
P1927. L'amour fait mal, *William Boyd*
P1928. Anthologie de poésie érotique, *Jean-Paul Goujon (dir.)*
P1929. Hommes entre eux, *Jean-Paul Dubois*

P1930. Ouest, *François Vallejo*
P1931. La Vie secrète de E. Robert Pendleton, *Michael Collins*
P1932. Dara, *Patrick Besson*
P1933. Le Livre pour enfants, *Christophe Honoré*
P1934. La Méthode Schopenhauer, *Irvin D. Yalom*
P1935. Echo Park, *Michael Connelly*
P1936. Les Rescapés du Styx, *Jane Urquhart*
P1937. L'Immense Obscurité de la mort, *Massimo Carlotto*
P1938. Hackman blues, *Ken Bruen*
P1939. De soie et de sang, *Qiu Xiaolong*
P1940. Les Thermes, *Manuel Vázquez Montalbán*
P1941. Femme qui tombe du ciel, *Kirk Mitchell*
P1942. Passé parfait, *Leonardo Padura*
P1943. Contes barbares, *Craig Russell*
P1944. La Mort à nu, *Simon Beckett*
P1945. La Nuit de l'infamie, *Michael Cox*
P1946. Les Dames de nage, *Bernard Giraudeau*
P1947. Les Aventures de Minette Accentiévitch, *Vladan Matijeviç*
P1948. Jours de juin, *Julia Glass*
P1949. Les Petits Hommes verts, *Christopher Buckley*
P1950. Dictionnaire des destins brisés du rock
Bruno de Stabenrath
P1951. L'Ère des dragons. Le Cycle de Kraven II
Xavier Mauméjean
P1952. Sabbat Samba. La Trilogie Morgenstern III
Hervé Jubert
P1953. Pour le meilleur et pour l'empire, *James Hawes*
P1954. Doctor Mukti, *Will Self*
P1955. Comme un père, *Laurence Tardieu*
P1956. Sa petite chérie, *Colombe Schneck*
P1957. Tigres et tigresses. Histoire intime des couples présidentiels sous la Ve République, *Christine Clerc*
P1958. Le Nouvel Hollywood, *Peter Biskind*
P1959. Le Tueur en pantoufles, *Frédéric Dard*
P1960. On demande un cadavre, *Frédéric Dard*
P1961. La Grande Friture, *Frédéric Dard*
P1962. Carnets de naufrage, *Guillaume Vigneault*
P1963. Jack l'éventreur démasqué, *Sophie Herfort*
P1964. Chicago banlieue sud, *Sara Paretsky*
P1965. L'Illusion du péché, *Alexandra Marinina*
P1966. Viscéral, *Rachid Djaïdani*
P1967. La Petite Arabe, *Alicia Erian*
P1968. Pampa, *Pierre Kalfon*

P1969. Les Cathares. Brève histoire d'un mythe vivant
Henri Gougaud
P1970. Le Garçon et la Mer, *Kirsty Gunn*
P1971. L'Heure verte, *Frederic Tuten*
P1972. Le Chant des sables, *Brigitte Aubert*
P1973. La Statue du commandeur, *Patrick Besson*
P1974. Mais qui est cette personne allongée
dans le lit à côté de moi ?, *Alec Steiner*
P1975. À l'abri de rien, *Olivier Adam*
P1976. Le Cimetière des poupées, *Mazarine Pingeot*
P1977. Le Dernier Frère, *Nathacha Appanah*
P1978. La Robe, *Robert Alexis*
P1979. Le Goût de la mère, *Edward St Aubyn*
P1980. Arlington Park, *Rachel Cusk*
P1981. Un acte d'amour, *James Meek*
P1982. Karoo boy, *Troy Blacklaws*
P1983. Toutes ces vies qu'on abandonne, *Virginie Ollagnier*
P1984. Un peu d'espoir. La trilogie Patrick Melrose
Edward St Aubyn
P1985. Ces femmes qui nous gouvernent, *Christine Ockrent*
P1986. Shakespeare, la biographie, *Peter Ackroyd*
P1987. La Double Vie de Virginia Woolf
Geneviève Brisac, Agnès Desarthe
P1988. Double homicide, *Faye et Jonathan Kellerman*
P1989. La Couleur du deuil, *Ravi Shankar Etteth*
P1990. Le Mur du silence, *Hakan Nesser*
P1991. Mason & Dixon, *Thomas Pynchon*
P1992. Allumer le chat, *Barbara Constantine*
P1993. La Stratégie des antilopes, *Jean Hatzfeld*
P1994. Mauricio ou les Élections sentimentales
Eduardo Mendoza
P1995. La Zone d'inconfort. Une histoire personnelle
Jonathan Franzen
P1996. Un goût de rouille et d'os, *Craig Davidson*
P1997. La Porte des larmes. Retour vers l'Abyssinie
Jean-Claude Guillebaud, Raymond Depardon
P1998. Le Baiser d'Isabelle.
L'aventure de la première greffe du visage
Noëlle Châtelet
P1999. Poésies libres, *Guillaume Apollinaire*
P2000. Ma grand-mère avait les mêmes.
Les dessous affriolants des petites phrases
Philippe Delerm

P2001. Le Français dans tous les sens, *Henriette Walter*
P2002. Bonobo, gazelle & Cie, *Henriette Walter, Pierre Avenas*
P2003. Noir corbeau, *Joel Rose*
P2004. Coupable, *Davis Hosp*
P2005. Une canne à pêche pour mon grand-père, *Gao Xingjian*
P2006. Le Clocher de Kaliazine, Études et miniatures *Alexandre Soljenitsyne*
P2007. Rêveurs, *Knut Hamsun*
P2008. Pelures d'oignon, *Günter Grass*
P2009. De l'aube au crépuscule, *Rabindranath Tagore*
P2010. Les Sept Solitudes de Lorsa Lopez, *Sony Labou Tansi*
P2011. La Première Femme, *Nedim Gürsel*
P2012. Le Tour du monde en 14 jours, 7 escales, 1 visa *Raymond Depardon*
P2013. L'Aïeul, *Aris Fakinos*
P2014. Les Exagérés, *Jean-François Vilar*
P2015. Le Pic du Diable, *Deon Meyer*
P2016. Le Temps de la sorcière, *Arni Thorarinsson*
P2017. Écrivain en 10 leçons, *Philippe Ségur*
P2018. L'Assassinat de Jesse James par le lâche Robert Ford *Ron Hansen*
P2019. Tu crois que c'est à moi de rappeler ? Transports parisiens 2, *Alec Steiner*
P2020. À la recherche de Klingsor, *Jorge Volpi*
P2021. Une saison ardente, *Richard Ford*
P2022. Un sport et un passe-temps, *James Salter*
P2023. Eux, *Joyce Carol Oates*
P2024. Mère disparue, *Joyce Carol Oates*
P2025. La Mélopée de l'ail paradisiaque, *Mo Yan*
P2026. Un bonheur parfait, *James Salter*
P2027. Le Blues du tueur à gages, *Lawrence Block*
P2028. Le Chant de la mission, *John le Carré*
P2029. L'Ombre de l'oiseau-lyre, *Andres Ibañez*
P2030. Les Arnaqueurs aussi, *Laurent Chalumeau*
P2031. Hello Goodbye, *Moshé Gaash*
P2032. Le Sable et l'Écume et autres poèmes, *Khalil Gibran*
P2033. La Rose et autres poèmes, *William Butler Yeats*
P2034. La Méridienne, *Denis Guedj*
P2035. Une vie avec Karol, *Stanislao Dziwisz*
P2036. Les Expressions de nos grands-mères, *Marianne Tillier*
P2037. *Sky my husband!* The integrale/Ciel mon mari ! L'intégrale, *Dictionary of running english/* Dictionnaire de l'anglais courant, *Jean-Loup Chiflet*

P2038. Dynamite road, *Andrew Klavan*
P2039. Classe à part, *Joanne Harris*
P2040. La Dame de cœur, *Carmen Posadas*
P2041. Ultimatum (En retard pour la guerre)
Valérie Zénatti
P2042. 5 octobre, 23 h 33, *Donald Harstad*
P2043. La Griffe du chien, *Don Wislow*
P2044. Les Nouvelles Enquêtes du juge Ti, vol. 6
Mort d'un cuisinier chinois, *Frédéric Lenormand*
P2045. Divisadero, *Michael Ondaatje*
P2046. L'Arbre du dieu pendu, *Alejandro Jodorowsky*
P2047. Découpé en tranches, *Zep*
P2048. La Pension Eva, *Andrea Camilleri*
P2049. Le Cousin de Fragonard, *Patrick Roegiers*
P2050. Pimp, *Iceberg Slim*
P2051. Graine de violence, *Evan Hunter (alias Ed McBain)*
P2052. Les Rêves de mon père. Un héritage en noir et blanc
Barack Obama
P2053. Le Centaure, *John Updike*
P2054. Jusque-là tout allait bien en Amérique.
Chroniques de la vie américaine 2, *Jean-Paul Dubois*
P2055. Les juins ont tous la même peau. Rapport sur Boris Vian
Chloé Delaume
P2056. De sang et d'ébène, *Donna Leon*
P2057. Passage du désir, *Dominique Sylvain*
P2058. L'Absence de l'ogre, *Dominique Sylvain*
P2059. Le Labyrinthe grec, *Manuel Vázquez Montalbán*
P2060. Vents de carême, *Leonardo Padura*
P2061. Cela n'arrive jamais, *Anne Holt*
P2062. Un sur deux, *Steve Mosby*
P2063. Monstrueux, *Natsuo Kirino*
P2064. Reflets de sang, *Brigitte Aubert*
P2065. Commis d'office, *Hannelore Cayre*
P2066. American Gangster, *Max Allan Collins*
P2067. Le Cadavre dans la voiture rouge
Ólafur Haukur Símonarson
P2068. Profondeurs, *Henning Mankell*
P2069. Néfertiti dans un champ de canne à sucre
Philippe Jaenada
P2070. Les Brutes, *Philippe Jaenada*
P2071. Milagrosa, *Mercedes Deambrosis*
P2072. Lettre à Jimmy, *Alain Mabanckou*
P2073. Volupté singulière, *A.L. Kennedy*

P2074. Poèmes d'amour de l'Andalousie à la mer Rouge.
Poésie amoureuse hébraïque, *Anthologie*
P2075. Quand j'écris je t'aime
suivi de Le Prolifique et Le Dévoreur
W.H. Auden
P2076. Comment éviter l'amour et le mariage
Dan Greenburg, Suzanne O'Malley
P2077. Le Fouet, *Martine Rofinella*
P2078. Cons, *Juan Manuel Prada*
P2079. Légendes de Catherine M., *Jacques Henric*
P2080. Le Beau Sexe des hommes, *Florence Ehnuel*
P2081. G., *John Berger*
P2082. Sombre comme la tombe où repose mon ami
Malcolm Lowry
P2083. Le Pressentiment, *Emmanuel Bove*
P2084. L'Art du roman, *Virginia Woolf*
P2085. Le Clos Lothar, *Stéphane Héaume*
P2086. Mémoires de nègre, *Abdelkader Djemaï*
P2087. Le Passé, *Alan Pauls*
P2088. Bonsoir les choses d'ici-bas, *António Lobo Antunes*
P2089. Les Intermittences de la mort, *José Saramago*
P2090. Même le mal se fait bien, *Michel Folco*
P2091. Samba Triste, *Jean-Paul Delfino*
P2092. La Baie d'Alger, *Louis Gardel*
P2093. Retour au noir, *Patrick Raynal*
P2094. L'Escadron guillotine, *Guillermo Arriaga*
P2095. Le Temps des cendres, *Jorge Volpi*
P2096. Frida Khalo par Frida Khalo. Lettres 1922-1954
Frida Khalo
P2097. Anthologie de la poésie mexicaine, *Claude Beausoleil*
P2098. Les Yeux du dragon, petits poèmes chinois, *Anthologie*
P2099. Seul dans la splendeur, *John Keats*
P2100. Beaux Présents, Belles Absentes, *Georges Perec*
P2101. Les Plus Belles Lettres du professeur Rollin.
Ou comment écrire au roi d'Espagne
pour lui demander la recette du Gaspacho
François Rollin
P2102. Répertoire des délicatesses du français contemporain
Renaud Camus
P2103. Un lien étroit, *Christine Jordis*
P2104. Les Pays lointains, *Julien Green*
P2105. L'Amérique m'inquiète.
Chroniques de la vie américaine 1, *Jean-Paul Dubois*

P2106. Moi je viens d'où ? *suivi de* C'est quoi l'intelligence ? *et de* E = CM2, *Albert Jacquard, Marie-José Auderset*
P2107. Moi et les autres, initiation à la génétique *Albert Jacquard*
P2108. Quand est-ce qu'on arrive ?, *Howard Buten*
P2109. Tendre est la mer, *Philip Plisson, Yann Queffélec*
P2110. Tabarly, *Yann Queffélec*
P2111. Les Hommes à terre, *Bernard Giraudeau*
P2112. Le Phare appelle à lui la tempête et autres poèmes *Malcolm Lowry*
P2113. L'Invention des Désirades et autres poèmes *Daniel Maximin*
P2114. Antartida, *Francisco Coloane*
P2115. Brefs aperçus sur l'éternel féminin, *Denis Grozdanovitch*
P2116. Le Vol de la mésange, *François Maspero*
P2117. Tordu, *Jonathan Kellerman*
P2118. Flic à Hollywood, *Joseph Wambaugh*
P2119. Ténébreuses, *Karin Alvtegen*
P2120. La Chanson du jardinier. Les Enquêtes de Miss Lalli *Kalpana Swaminathan*
P2121. Portrait de l'écrivain en animal domestique *Lydie Salvayre*
P2122. In memoriam, *Linda Lê*
P2123. Les Rois écarlates, *Tim Willocks*
P2124. Arrivederci amore, *Massimo Carlotto*
P2125. Les Carnets de monsieur Manatane *Benoît Poelvoorde, Pascal Lebrun*
P2126. Guillon aggrave son cas, *Stéphane Guillon*
P2127. Le Manuel du parfait petit masochiste *Dan Greenburg, Marcia Jacobs*
P2128. Shakespeare et moi, *Woody Allen*
P2129. Pour en finir une bonne fois pour toutes avec la culture *Woody Allen*
P2130. Porno, *Irvine Welsh*
P2131. Jubilee, *Margaret Walker*
P2132. Michael Tolliver est vivant, *Armistead Maupin*
P2133. Le Saule, *Hubert Selby Jr*
P2134. Les Européens, *Henry James*
P2135. Comédie new-yorkaise, *David Schickler*
P2136. Professeur d'abstinence, *Tom Perrotta*
P2137. Haut vol : histoire d'amour, *Peter Carey*
P2138. Le Siffleur, *Laurent Chalumeau*
P2139. La Danseuse de Mao, *Qiu Xiaolong*

P2140. L'Homme délaissé, *C. J. Box*
P2141. Les Jardins de la mort, *George P. Pelecanos*
P2142. Avril rouge, *Santiago Roncagliolo*
P2143. Ma Mère, *Richard Ford*
P2144. Comme une mère, *Karine Reysset*
P2145. Titus d'Enfer. La Trilogie de Gormenghast, 1
Mervyn Peake
P2146. Gormenghast. La Trilogie de Gormenghast, 2
Mervyn Peake
P2147. Au monde.
Ce qu'accoucher veut dire : une sage-femme raconte…
Chantal Birman
P2148. Du plaisir à la dépendance.
Nouvelles thérapies, nouvelles addictions
Michel Lejoyeux
P2149. Carnets d'une longue marche.
Nouvelle marche d'Istanbul à Xi'an
Bernard Ollivier, François Dermaut
P2150. Treize Lunes, *Charles Frazier*
P2151. L'Amour du français.
Contre les puristes et autres censeurs de la langue
Alain Rey
P2152. Le Bout du rouleau, *Richard Ford*
P2153. Belle-sœur, *Patrick Besson*
P2154. Après, Fred Chichin est mort, *Pascale Clark*
P2155. La Leçon du maître et autres nouvelles, *Henry James*
P2156. La Route, *Cormac McCarthy*
P2157. À genoux, *Michael Connelly*
P2158. Baka !, *Dominique Sylvain*
P2159. Toujours L.A., *Bruce Wagner*
P2160. C'est la vie, *Ron Hansen*
P2161. Groom, *François Vallejo*
P2162. Les Démons de Dexter, *Jeff Lindsay*
P2163. Journal 1942-1944, *Hélène Berr*
P2164. Journal 1942-1944 (édition scolaire), *Hélène Berr*
P2165. Pura vida. Vie et Mort de William Walker, *Patrick Deville*
P2166. Terroriste, *John Updike*
P2167. Le Chien de Dieu, *Patrick Bard*
P2168. La Trace, *Richard Collasse*
P2169. L'Homme du lac, *Arnaldur Indridason*
P2170. Et que justice soit faite, *Michael Koryta*
P2171. Le Dernier des Weynfeldt, *Martin Suter*
P2172. Le Noir qui marche à pied, *Louis-Ferdinand Despreez*

P2173. Abysses, *Frank Schätzing*
P2174. L'Audace d'espérer. Un nouveau rêve américain *Barack Obama*
P2175. Une Mercedes blanche avec des ailerons, *James Hawes*
P2176. La Fin des mystères, *Scarlett Thomas*
P2177. La Mémoire neuve, *Jérôme Lambert*
P2178. Méli-vélo. Abécédaire amoureux du vélo, *Paul Fournel*
P2179. Le Prince des braqueurs, *Chuck Hogan*
P2180. Corsaires du levant, *Arturo Pérez-Reverte*
P2181. Mort sur liste d'attente, *Veit Heinichen*
P2182. Héros et tombes, *Ernesto Sabato*
P2183. Teresa l'après-midi, *Juan Marsé*
P2184. Titus errant. La Trilogie de Gormenghast, 3 *Mervyn Peake*
P2185. Julie & Julia. Sexe, blog et bœuf bourguignon *Julie Powell*
P2186. Le Violon d'Hitler, *Igal Shamir*
P2187. La mère qui voulait être femme, *Maryse Wolinski*
P2188. Le Maître d'amour, *Maryse Wolinski*
P2189. Les Oiseaux de Bangkok, *Manuel Vázquez Montalbán*
P2190. Intérieur Sud, *Bertrand Visage*
P2191. L'homme qui voulait voir Mahona, *Henri Gougaud*
P2192. Écorces de sang, *Tana French*
P2193. Café Lovely, *Rattawut Lapcharoensap*
P2194. Vous ne me connaissez pas, *Joyce Carol Oates*
P2195. La Fortune de l'homme et autres nouvelles, *Anne Brochet*
P2196. L'Été le plus chaud, *Zsuzsa Bánk*
P2197. Ce que je sais… Un magnifique désastre 1988-1995. Mémoires 2, *Charles Pasqua*
P2198. Ambre, vol. 1, *Kathleen Winsor*
P2199. Ambre, vol. 2, *Kathleen Winsor*
P2200. Mauvaises Nouvelles des étoiles, *Serge Gainsbourg*
P2201. Jour de souffrance, *Catherine Millet*
P2202. Le Marché des amants, *Christine Angot*
P2203. L'État des lieux, *Richard Ford*
P2204. Le Roi de Kahel, *Tierno Monénembo*
P2205. Fugitives, *Alice Munro*
P2206. La Beauté du monde, *Michel Le Bris*
P2207. La Traversée du Mozambique par temps calme *Patrice Pluyette*
P2208. Ailleurs, *Julia Leigh*
P2209. Un diamant brut, *Yvette Szczupak-Thomas*
P2210. Trans, *Pavel Hak*

P2211. Peut-être une histoire d'amour, *Martin Page*
P2212. Peuls, *Tierno Monénembo*
P2214. Le Cas Sonderberg, *Élie Wiesel*
P2215. Fureur assassine, *Jonathan Kellerman*
P2216. Misterioso, *Arne Dahl*
P2217. Shotgun Alley, *Andrew Klavan*
P2218. Déjanté, *Hugo Hamilton*
P2219. La Récup, *Jean-Bernard Pouy*
P2221. Les Accommodements raisonnables, *Jean-Paul Dubois*
P2222. Les Confessions de Max Tivoli, *Andrew Sean Greer*
P2223. Le pays qui vient de loin, *André Bucher*
P2224. Le Supplice du santal, *Mo Yan*
P2225. La Véranda, *Robert Alexis*
P2226. Je ne sais rien… mais je dirai (presque) tout
Yves Bertrand
P2227. Un homme très recherché, *John le Carré*
P2228. Le Correspondant étranger, *Alan Furst*
P2229. Brandebourg, *Henry Porter* – coll. Points Policier
P2230. J'ai vécu 1 000 ans, *Mariolina Venezia*
P2231. La Conquistadora, *Eduardo Manet*
P2232. La Sagesse des fous, *Einar Karason*
P2233. Un chasseur de lions, *Olivier Rolin*
P2234. Anthologie. Poésie des troubadours
Henri Gougaud (dir.)
P2235. Chacun vient avec son silence. Anthologie
Jean Cayrol
P2236. Badenheim 1939, *Aharon Appelfeld*
P2237. Le Goût sucré des pommes sauvages, *Wallace Stegner*
P2238. Un mot pour un autre, *Rémi Bertrand*
P2239. Le Bêtisier de la langue française, *Claude Gagnière*
P2240. Esclavage et colonies, *G. J. Danton et L. P. Dufay, L. Sédar Senghor, C. Taubira*
P2241. Race et nation, *M. L. King, E. Renan*
P2242. Face à la crise, *B. Obama, F. D. Roosevelt*
P2243. Face à la guerre, *W. Churchill, général de Gaulle*
P2244. La non-violence, *Mahatma Gandhi, Dalaï Lama*
P2245. La peine de mort, *R. Badinter, M. Barrès*
P2246. Avortement et contraception, *S. Veil, L. Neuwirth*
P2247. Les casseurs et l'insécurité
F. Mitterrand et M. Rocard, N. Sarkozy
P2248. La Mère de ma mère, *Vanessa Schneider*
P2249. De la vie dans son art, de l'art dans sa vie
Anny Duperey et Nina Vidrovitch

P2250. Desproges en petits morceaux. Les meilleures citations
Pierre Desproges
P2251. Dexter I, II, III, *Jeff Lindsay*
P2252. God's pocket, *Pete Dexter*
P2253. En effeuillant Baudelaire, *Ken Bruen*
P2254. Meurtres en bleu marine, *C. J. Box*
P2255. Le Dresseur d'insectes, *Arni Thorarinsson*
P2256. La Saison des massacres, *Giancarlo de Cataldo*
P2257. Évitez le divan
Petit guide à l'usage de ceux qui tiennent à leurs symptômes
Philippe Grimbert
P2258. La Chambre de Mariana, *Aharon Appelfeld*
P2259. La Montagne en sucre, *Wallace Stegner*
P2260. Un jour de colère, *Arturo Pérez-Reverte*
P2261. Le Roi transparent, *Rosa Montero*
P2262. Le Syndrome d'Ulysse, *Santiago Gamboa*
P2263. Catholique anonyme, *Thierry Bizot*
P2264. Le Jour et l'Heure, *Guy Bedos*
P2265. Le Parlement des fées
I. L'Orée des bois, *John Crowley*
P2266. Le Parlement des fées
II. L'Art de la mémoire, *John Crowley*
P2267. Best-of Sarko, *Plantu*
P2268. Cent Mots et Expressions à foutre à la poubelle
Jean-Loup Chiflet
P2269. Le Baleinié, *Christine Murillo, Jean-Claude Leguay, Grégoire Oestermann*
P2270. Couverture dangereuse, *Philippe Le Roy*
P2271. Quatre Jours avant Noël, *Donald Harstad*
P2272. Petite Bombe noire, *Christopher Brookmyre*
P2273. Journal d'une année noire, *J.-M. Coetzee*
P2274. Faites-vous-même votre malheur, *Paul Watzlawick*
P2275. Paysans, *Raymond Depardon*
P2276. Homicide special, *Miles Corwin*
P2277. Mort d'un chinois à la Havane, *Leonardo Padura*
P2278. Le Radeau de pierre, *José Saramago*
P2279. Contre-jour, *Thomas Pynchon*
P2280. Trick Baby, *Iceberg Slim*
P2281. Perdre est une question de méthode, *Santiago Gamboa*
P2282. Le Rocher de Montmartre, *Joanne Harris*
P2283. L'Enfant du jeudi noir, *Alejandro Jodorowsky*
P2284. Lui, *Patrick Besson*
P2285. Tarabas, *Joseph Roth*